MISHIMA YUKIO

三 岛 由 纪 夫

作品系列

自选短篇集

仲夏之死

译者＝陈德文

MISHIMA YUKIO

三 岛 由 纪 夫

上海译文出版社

目录

香　烟

那个匆匆而过的少年时代，对于我来说，实在想不起有什么快乐和美好。"灿烂的阳光照亮每个角落。"波德莱尔吟诵道，"我的青春一概都是黑暗的风暴。"少年时代的回忆充满奇妙的悲剧色彩。成长，以及对成长本身的回忆，为什么必须是悲剧化的呢？对于这些，我至今也弄不明白。没有人会知道。老年的静谧的智慧，将伴着秋末时常有的干爽和明净落到我们每人的头上，到了那一天，我也许会顿然明白过来吧。然而，那时候即使明白，也变得毫无意义了。

每天什么也没解决，就那么度过了。少年时代，连那些不值一提的小事都难于忍耐。少年，丧失了童年的狡狯，觉得可厌。他打算从头开始。但是，对于他的这个"从头开始"，世界又是如何冷淡啊！没有一个人在乎他的行动，总是一次又一次错误地对待他。有时把他当做大人，有时又把他看成小孩子。也许因为他缺少稳定的缘故吧？不，细想想，他的少年时代具有在别处无法得到的稳定，他为着不知对此如何命名而感到苦恼。这就是成长。他终于为此起了名字。成功使他安心，使他感到自豪。但是命名时刹那间

3

得以稳定的东西，和未命名时比起来，完全变成另一种东西了。不过，他对这一点也毫无觉察。就是说，他长大了——童年珍藏着一个密封而盖上印鉴的箱子。少年千方百计想打开看个究竟。盖子打开了，里头什么也没有。于是，他明白了："百宝箱这种东西，一直都是空空洞洞的。"从此以后，他非常看重自己确立的定理。就是说，他已成为大人了。但是，百宝箱果真是空的吗？打开盖子时，不是有些看不见的重要的东西逃出来了吗？

这种变成大人的事实，对于我来说，并非一种完成或毕业。少年时代本应该永远延续下去，而且如今不是也在一直延续下去吗？既然这样，我们又怎能轻视它呢？——因为一到少年，我就很难信赖友情。所有的朋友都是傻瓜，使我不能忍耐。学校，这种愚蠢的组织，强迫我们白天大部分时间都在这里度过，硬要我们在有限的几十个无聊的同班同学中选择朋友。在这狭窄的围墙内，聚集着具有相同智慧的数十位朋友，还有每年都拿着同样的教学笔记、利用教科书某一部分开着相同玩笑的老师们（我曾经和B班的同学计算过，看看那位化学老师上课后几分钟开始说玩笑话。他在我们班是二十五分钟后；在B班则是十一点三十五分，也是在二十五分之后）。在这样的范围内，究竟要我学些什么呢？此外，在这个圈子里，大人们命令我单单学习"善的东西"。于是我们学会了模仿炼金术士的处世方法。最巧妙的炼金术士被称为优等生。他从铅里鼓捣出一种奇怪的金属，叫订货人相信那是金子。最后，自己也相信真的能造出金子了。优等生是最熟练的炼金术士。

我对所有的朋友都产生反感，我一味同他们对着干。我一升入初中，对于人人都上的体育课，就感到十分厌恶——高年级同学为了使我参加课外运动小组，几乎对我使用暴力。我一边瞅着他们粗壮的胳膊，一边拼命撒谎："我……那个……肺门不好……而且……心脏也很弱，时时会倒下。""哼！"那个歪戴着学生帽、上衣扣子一半敞开来的高年级同学应了一声，"看你那张苍白的面孔，就知道你活不长。不是吗？现在要是死了，什么有趣的事都不知道，太冤啦。我说的是有趣的事啊。"我的身边并排站着表情严肃的同班同学，这时一起轻蔑地笑起来。我默不作声，又瞥了一眼高年级同学卷起袖子的粗大的膀子。接着，我联想到女人，虽说很朦胧，但很丑恶。

对于贵族学校那种奇怪的淫荡的空气——那种难以言传的怪诞的氛围，我一概加以反抗；同时又非常喜欢其中飘溢着的某种东西。我的朋友之中有许多人长着这样的面孔：一但置于平常人之间，就显出那般异样的夸张和阴暗。他们几乎不读什么书，若说他们很无知，却又显得颇为清高。他们对于悲剧无动于衷。他们很幼稚，总是巧妙地躲避着苦恼、激情和巨大的感情波动。即使不得已处于苦恼之中，他们的无为也会很快将其降服，麻木地与之共同生活。这也难怪，他们是那些人的子孙嘛。这帮子人不是用威胁和暴力，而是以具有强大麻痹力的"无为"制服了许多人。

我喜欢在学校周围高低起伏的广阔的森林里散步。校舍主要在山顶，斜面上都是森林，连接着几条险峻的羊肠小径。山坡的森林里分布着幽暗的沼泽，宛若森林里的湖水都汇聚在这儿，一起仰望着蓝天，又仿佛在这里暂时休息一下，然后回归黑暗的地下。灰暗而沉滞的水面看起来纹丝不动，却于静谧中轮回流转。池水静悄悄地生息，不时使我心醉。我坐在池边的枯树根上，凝望着池水，落叶梦一般徐徐飘落在水面上。森林深处，传来丁丁的伐木声。秋日里不很安定的天空这时忽然一派晴明，像美丽的湖水。数条金光由庄严、辉煌的云端照射下来，丁丁的斧音似乎就是那光的声响。不透明的池水只在光线渗入的部分显现着金色的光晕，获得一点明亮。其中，一片光闪闪的美丽的落叶，犹如水中动作缓慢的生物，悠悠翻卷着沉入水底。这时，我感到，守望着这番景象的每一刹那，都有一种说不出的幸福。我一直想把那种不得不受众多事务妨碍的伟大的静谧，同我自身自前生流泻而来的令人怀想的静谧，两者合二为一。我感到，这正是我实现这个理想的一刹那。

然后，我沿着池沼边的一条小路，走向森林深处一座古坟似的圆丘。忽然，林间响起山白竹的摩戛之声。躺在树林深处一小片草地上的学生，欠起身子瞧着这里。他们两人是我不熟悉的高年级学生。他们明明是背着老师躲到这里抽香烟来了。学生是禁止抽烟的。其中一个白了我一眼，立即将手里的香烟衔在嘴里；另一个咂着嘴，倏忽瞥了一下绕到身后的一只手。"怎么啦？灭了吗？真没出息。"另一个人根本不睬我，只是狂笑地打趣，因为不常抽烟，不小心呛着了。那个被他取笑的高年级学生，耳根子涨得通红，特地把刚吸上几口的香烟使劲揉灭了。他蓦然抬头看见了我，说了声："你！"我低着眉头，本想走过去算了，可是我却像兔子一样呆然地站着不动。"过来一下。""哎？"我的回答自觉有些孩子气，脸也红了。接着，跨过山白竹丛，走到他们旁边。"来，坐下。""嗯。"说着说着，他又抽出一支烟衔在嘴里，点着了火，然后将烟盒朝坐下的我递过来。我大吃一惊，连忙推了回去。"没关系，吸一支看看，比点心香啊。""可是……"他亲自点上一支硬塞到我手中，"不吸火会灭的。"于是，我接过来吸了一口。一种近似刚才池沼的气味和烟火的气味重合到一起了，一瞬间我看到了燃烧的热带树的巨大幻影……我剧烈地咳嗽起来。两位高年级学生对望了一下，笑得前仰后合。眼角里涌出的泪水忽然使我感到一种幸福。这是和他们的欢笑完全相同的幸福。为什么这么说呢？因为我很难为情地笑了，仰面朝天躺在了地上。穿着春秋衫的脊背被坚挺的草叶刺疼了。我把第一次吸的这支香烟高高举起，眼睛半睁半合，贪婪地望着一股青烟流向午后灰暗的天空。这烟十分优雅地升腾起来，凝聚成一团儿，似有若无地飘散开去。那情景宛若清梦初醒，刚刚结成就又白白地化解了……

打破如此麻醉的时间，一个亲切、热情的声音在我耳边响起。"你叫什么名字？"给我香烟的那人问我。我怀疑自己的耳朵，这不正是我期待已久的声音吗？"我姓长崎。""一年级？""是的。""哪个部？""还没决定选哪个部……""你想参加哪个部呢？"我踌躇了。不久，我的冷淡打消了对他投其所好的虚假的回答。"文艺部——""文艺部！"他一听我如此回答，就发出近乎悲惨的叫声。"你要加入那个部？真没办法，生肺病的才去那个部呢。算啦算啦，你真的要去那里？"我暧昧地笑了，盯着他那十分怪讶的表情。他的态度给了我站起来的勇气。我站起来看着手表，皱着眉头凑到眼前，简直像个近视眼。……"我还有事。"听我说罢，那个一直躺在地上的人坐起身来："喂，莫非去向老师告密吧？""没有的事。"我像个公事公办的护士一样回答他，"我去钢笔店……好，再见。"——"这小子生气走了。"我听到背后他们在低声说话，急急忙忙离开了圆形的山丘。那是嘴里衔着香烟的人明朗的干咳声。不知为何，我很想对着那年轻的声音回头再瞧上一眼。这时，我发现前面的小树林里有一团艳红。我被那里吸引了，忘记了刚才的愿望，然而，这无疑是另一种愿望促使我向那里走去。一不留神，我已经越过了那美丽的红色。我回头张望，一棵小樱树，从上到下的叶子全变红了。在林隙间的日光映照下，红色的树叶玲珑透剔，更加呈现一副人工性的娇美。周围秋光浩荡，犹如透过刚刚打磨的玻璃所见到的一样。我转过头，又迈动了脚步……

——回到家里，悔恨一直折磨着我。不，这是可怕的罪恶。我想到自己的手指还染着烟味，不由一阵颤栗。谁知，一坐上椅子开始学习，别的不安又使我心情烦躁起来。手指的烟味就像《一千零一夜》中的那个被妻子斩断指头的男人的肉汁的味道，擦也擦不干净。这种气味今后肯定使我痛苦不堪。自己即使扎上绷带、戴上手套，坐在电车上，周围的人也会很快嗅出来的，把我当做犯人，白眼相加。这种气味侵犯全身，想隐藏也隐藏不住。一想到那强烈的烟味，我是多么苦恼啊！当天吃晚饭时，我没有敢正眼看父亲。"阿启呀，汤汁洒出来啦。"每到吃饭的时候祖母总是反复提醒，这回听了却觉得惊讶。少女时代曾一眼识破用人是个惯盗的祖母，刚才也一定知道我抽烟了。这可怕的一闪念简直让人难以承受，所以，我为了不让祖母告诉父亲，晚饭后走进了祖母的房间。"哎呀，阿启，你平时很少来这儿的啊。"祖母也不给我回话的机会，拿出森八点心，又去沏茶。然后，竟教我学习《桥弁庆》①中的歌词："黄昏粼粼烟波

---

① 能乐剧目之一，描写武藏坊弁庆，于京都五条桥上败给牛若丸（源义经），双方订立主从关系的故事。

起，莫非夜间有风涛？"我越发怀疑起祖母来了。

第二天，我一到学校，就感到自己仿佛带着和过去不同的眼光看待一切。这是什么带来的变化啊！我一直想着那支香烟。我平时对那些和高年级学生结伙谈论女人的同班同学，总是抱着轻蔑的态度，现在看来也不过是装装门面罢了。因为我对他们的麻木，渐渐变成对抗了。"长崎君虽然能写这么多好歌（他们不知道什么是诗，将诗和俳句等一股脑儿称为歌），可是你抽过香烟吗？"要是他们这么说，我大概不会像以往那样苦恼地沉默，我会对他们说："我抽过香烟。"——昨晚可怕的罪恶感不但不会和这种一味的逞强发生矛盾，反而暗暗获得增强，这到底是怎么回事呢？我不由变得快活起来。理科教室里抢座位（不抢最前排，而是抢最后一排）的时候，我一直姗姗来迟，哪里有空就坐在哪里。可是今天一举行完朝礼，我看到跑在最前头的T，便立即追赶，第一个奔了出去。一直坐在第二个好位子上的K（打瞌睡也不会被发现），看到我早已坐在那里，说道："哦，长崎君好厉害呀——那个位子最好。今天可要好好用功啦。嘿，土包子就是不一样。"他很不服气地说。接着，这位被高年级学生起了"沾像一副防毒面具"这一外号的K，又遭到大伙的奚落，他气呼呼地坐到最前排和老师面对面的位子上。这一个小时里，K一直置于老师的目光监视之下，大家感到非常畅快。

我午休时从来不打篮球，这次参加了篮球比赛想试试看。可是因为技术太差，忽然被换下了场。我觉得自己辜负了大伙的友谊，随即离开篮球场，又向校舍后院花坛那里漫步。众多的花朵都衰谢了，剩下的只有一丛丛菊花。叶子明显地散发着薄黄的光亮，那样鲜活地生长着，仿佛只是为了开花。我对着一朵过分精致的花朵看了很久，鲜黄的纤巧的花瓣分布着细细的纹路，看起来大得出奇，似乎一大朵菊花就挺立在我眼前，挡住了我的去路。周围，白昼的虫鸣听起来也使人提不起劲来。因为一直低着头，忽然抬起身子就有点儿晃晃悠悠的。我感到如此热心地盯着一朵菊花实在有些难为情。即便是在森林里无忧无虑地散步，但也很少被一种东西如此吸引。尤其是对着一朵菊花看得入迷，这时候的心情和眺望其他广大景色时完全不一样，无疑有着一种自愧的情绪。我稍稍加快脚步返回校舍，这时，透过稀疏的杂木林，远远可以看到下面那个在静寂的秋日里闪光的沼泽。我想起了丁丁的斧声——想起了从明丽的云隙里放射出来的光的箭矢。与此同时，我也想起了那人爽朗而快活的声音。此时，一种具有非常强烈的、使人动弹不了的静谧的感动，压抑着我的胸间。我不知道是不是那个爽朗的声音造成的。当我在泽畔仰望云间漏泄的阳光时，我感到自己和前生流泻而来的可怀恋的静谧融为一体了。此时的心境和那时候十分相似，很难区别开来。

然而，随着时日的推移，我已经从尚未染上身的厚颜无耻，以及悔恨和恐怖中解脱出来了，所不能忘怀的只有香烟的味道。不过，这种早已习惯了的烟味，反而比先前更加强烈地困扰着我。父亲吸着雪茄，我站在旁边，看着他那快意的样子，立即感到一种剧烈的恶心。我感到，我仿佛不再爱好那种静谧不动的东西，而是逐渐转向过去一直轻蔑的喧骚而闪光的东西。

一天晚上，我和祖母、父母一起到城里一家热闹的餐馆去，因为祖母行走不便，回来时车子特意稍微绕了点儿弯路。我从车里看到了晚秋明丽的街景。祖母和父母坐在后面，我坐在助手席上，眺望车外，司空见惯的市街，今宵格外美好。各种剧烈晃动的红色霓虹灯光，由于过分明亮，使得一扇扇窗户了无意趣，一点儿也不好看，但是一旦集中起来，便获得奇妙的均衡，永不消退，蓦然悬于黑暗的夜空，犹如一轮巨大的永远微妙抖动的梦幻的焰火。我联想到在学校里学到的"梦幻的街巷"这句话来。这只不过是一种幻景。居民们不知不觉之中已经变成别的东西，不是吗？今天的市街不是明天的市街，明天的市街不是后天的市街……这时，我发现一座船形的美丽建筑，这是一座银白的大楼，不像其他建筑那样闪闪发亮，而是飘浮于烟雾般暗灰色的灯光里。我看到这座大楼时，一团静静的影子升起来了，摇摇晃晃，宛如浮在水面之上。我大吃一惊，将眼睛紧紧贴住窗玻璃。"阿启特别喜欢银座哩！"沉默的母亲忽然大声笑起来了。"他要是迷上银座，那就麻烦啦。"祖母也笑着说道。父亲含着雪茄，似乎也在嘻嘻地笑。我没有应声，神情严肃地一味盯着窗外连绵的灯火。这时，车子向右来个大转弯，那里是意想不到的幽暗的街道。我带着别离的悲愁，将乞求的目光移向黑暗的屋顶远方。高大的建筑上方依然可以看到一派辉煌。灯光犹如渐渐消隐的月亮，沉落到屋脊的背后。于是，朝霞般的烟雾始终布满了天空。

冬季来临了。一天，放学之后，因为要查找国语自由研究课布置的作业，我向委员借了钥匙，走进积满尘埃的文艺部的房间。这里的书箱上摆着精细的文学大词典。我把这本厚重的书摊在膝头上阅读。好容易摊开来，再合上实在太麻烦，干脆连不用的地方都一段段读完了。这时候才发现，迅速沉落的太阳，犹如暗夜里水面上反照的微光。我连忙收起书本走出了房间。这时，走廊上传来一阵喧骚的笑声和杂沓的足音，一伙人正转弯打这里经过。逆着阳光看不清楚，原来他们是橄榄球部的高年级学生。我行了礼。其中一个人就像撞击一样，用强劲的手臂拍拍我的肩膀。"这不是长崎吗？"他说。没错，这正是那种充满朝气的响亮的声音！我感动得几乎哭起来，抬眼望了望他。"哎，是的。"——这时，大伙一下子哄闹起来。"哦，是个稚儿呢。""好哇，好哇。""伊村，到底是第几个啦？"那个叫伊村的人经大伙一起哄，说道："长崎，咱们一起到屋子里去吧。"他挽着我的臂膀，把我拉到了橄榄球的活动室。高年级的同学越发闹得凶了，硬是将我和伊村推进了屋子。房里摆满了杂物，没有下脚的空儿。首先闻到一股强烈的，抑或可以称为浓艳的复杂气味。这种气味和柔道部的气味不同，是更加使人感到阴郁或者说令人难以排遣的、十分鲜烈的无常的气味——也不是刚吸过烟，一直使我烦恼的本色的烟味，而是类似那种富于假想的气味。他们让我坐在破桌子旁边的一张坏了的椅子上，伊村坐在我的身边。他的椅子比我的结实得多，可是每当他一动身子，就发出悦耳的咯吱咯吱声。听到这响声，我就感到他的体重直接压到我的身上了。天气已经冷了，伊村还穿着裸露着膝盖的运动服，脸上和胸间尚未消退的汗水闪着光亮。大家拿我和伊村两个当话题谈了好一阵子。伊村一边抽烟，一边颇有兴致地听任大伙嘲谑。看他的态度，仿佛早已没有我这么一个人了。大凡抽烟的人，只想到自己一个。我不时望望伊村肥肥的臂膀，在众人面前极力装出一副幼稚的样子。我高声大笑，连自己也出乎意外，我觉得浑身发冷。

过了一会儿，大伙说笑够了，伊村便用他那干哑的嗓音谈起今天训练应注意的事项。于是，大家又恢复了少年所特有的认真的神情。我闭眼倾听伊村的声音，又睁眼看看他粗大手指间逐渐变短的烟头。我突然一阵憋闷起来。

"伊村同学。"我喊了一声，大伙一起朝我看着。我拼命叫道："给我一支烟。"——高年级同学哄堂大笑。他们中还有很多人没有抽烟。"了不起，了不起！""这小子真行，不愧是伊村的稚儿啊！"伊村一双浓密的流线形的眉毛，这时微微歪斜了，他爽利地从烟盒里抽出一支来。"真的能吸吗？"他说着，把烟递给我。虽然我一时很难说得明白，但是眼下我所期望回答伊村的完全是别一种东西，应该说，我把一切都抵押在这个唯一正确的答案上了。我的不同寻常的决心，还有促成这种决心的异样的憋闷，都只是在这一期待之下产生的。然而，更大的意义不正在于难以解决的焦躁之中吗？那就是希求通过这个回答，尽快决定我今后的生存方式。对此，我已经无力回首顾盼了。我像一只言语不通的羊，只能直直盯着饲主的眼睛，哭诉心中最大的悲哀。我茫然望着伊村——对一切都觉得厌烦。

可是，如今，我不得不继续抽下去。结果，我呛得喘不出气来，眼泪直流。我强忍涌上心头的一阵阵恶心，坚持继续抽烟。这时，后脑仿佛被浇了凉水。透过泪光，我看到室内异样地明丽，高年级同学欢笑的面孔，犹如戈雅^①版画里怪里怪气的人物。他们的笑容里已经失去了刚才的明朗。欢笑的涟漪一经收敛，一种沉滞、伤

---

① Francisco José de Goya y Lucientes（1746—1828），西班牙画家，作品有铜版组画《奇想集》、《卖牛奶的姑娘》和《唐·霍塞·庇欧·莫利那》等。

痛的感情，好似水清见底，开始威胁他们了。仿佛冬夜所有的水面都劈里劈里结了一层薄冰，我感到周围的人们，都回到了自我，用一种另外的眼光看待我了。"算啦，算啦。"身后有人低声说道。这时，我才透过泪水，眼巴巴盯着伊村。

伊村故意不朝我看，他满心不安地用胳膊肘支着桌子，浅浅地坐在椅子里。他脸上勉强地浮着微笑，死死盯着桌子的一角。我看着他这副样子，浑身涌起一股痛楚的喜悦。他受伤了。我的喜悦正是来自这里吧？抑或这种喜悦是如此悲剧性地、反常地得以实现，或者说在实现的一刹那就变成了空漠的离奇的共感了吧？

伊村猝然回过头来。他僵硬地笑着。他有些漫不经心，但手脚十分麻利。他冷不丁一伸手打我指缝里迅速抢走吸剩的烟头。"算啦，算啦，别再逞能啦。"——他在桌面上刀子刻划的凹坑里，用力掐灭了烟头，一边说："天黑了，还不回家吗？"

——大家盯着站起来的我，一致说道："一个人能回去吗？伊村，送送他吧。"这明显是叫我和伊村搭伴儿。我鞠了一躬，顺着相反的方向出了屋子。我走在灯光晦暗的廊子上，感觉如同第一次长途旅行。

夜间，我在床上睡不着觉，凭我这个年龄，能设想到的都想过了。高傲自负的我到哪儿去了？我过去不是顽固坚持不做一个不同于自我的人吗？而眼下，我不是又开始切望做一个不同于自我的人吗？漠然觉得丑陋的东西，又忽而摇身一变为美丽了。我从来没有像现在这样，感到做个小孩子真是可憎。

——当天深夜，似乎记得远方发生了火灾。失眠之中，听到气泵的声音就在附近轰鸣，我即刻起床跑去打开了铁门。但是，火灾现场离城镇很远。气泵的警笛依然焦急地鸣叫着，但只见火舌优雅地蹿上天空，这远方的火场景观显得异常的寂静。火焰次第浓烈地燃烧起来，我一看到这番情景，立即产生了睡意，于是胡乱关上门窗，倒在床上进入了梦乡⋯⋯

可是，因为记忆有些不确，事实上，也许是我当天梦里出现的火灾现场吧。

昭和二十一年六月《人间》

春　子

麦莉塔　这是玫瑰花呀。

萨　福　这花正在你的芳唇上燃烧呢。

　　　　　　格里伯尔泽①《萨福》

① Franz Grillparzer（1791—1872），奥地利剧作家、诗人。《萨福》借希腊女诗人萨福的一生，反映理想和现实的对决。其他作品还有《柳布莎》、《金羊毛》和《梦是人生》等。

一

　　佐佐木春子这个名字，人们不记得了吗？想必在什么地方听到
过吧。虽说不一定想得起来，但无疑会留下一种印象：几分华丽含
蕴着几分伤感；又像闭幕之后舞台前的一阵骚动。是的，一个逝去
时代女子的名字，都会给人留下这种印象的。

　　发生那件事情时，我大约九岁或十岁。家里人把报纸藏起来
不给我看。因此，我也只是朦胧记得这位不知去向的年轻小姨的名
字。但是，四五年过去了，我有机会得知事情的经过之后，在我的
少年时代，春子这个名字可以说带有象征意义，好比以往在理科课
堂的西洋图书上的插画中所看到的华美的鲜花的名字，纵使想起又
随即忘掉，然而却像一只驱赶不走的飞蛾，围绕记忆的灯火盘旋不
止。逐渐地，这个名字凝结在我的头脑里了，宛若一朵金雕玫瑰，
被深深雕在金属盘中，然后只待涂上色彩了。

　　况且，这个名字总是容易同我所有的可耻的记忆连在一起，
还有那狂放的好奇心，以及对于色欲莫名的尊敬之念。因而对我来
说，这个名字似乎是一个禁忌，一则咒语。

　　所谓"春子事件"，在当时只不过是普通的私奔事件。在一份

仁丹①和化妆品广告占据了整整一页的报纸上，用大标题写着"伯爵的爱女偕同专任司机私奔"，旁边刊登着她的放大的毕业照。我没有见过这张报纸，但那自然是出事两年之前一位天真少女的玉照。然而不知何故，据说照片上的少女紧蹙眉头，神情悒郁。也许校园草坪上的阳光反射强烈，照相时她觉得晃眼罢了。这只能使我感到，一帧毕业照竟然用在一篇私奔的报道上，真是奇妙的暗合。毕业典礼的晚上，那位专任老司机在酒宴上喝醉了酒，得脑溢血死了。他虽然没有什么财产，但每逢过年时都要重新改写遗书。他在遗书里向主家推荐了一位自己最信任的年轻的见习生，还说这位见习生虽然莽撞，但他认为年轻人总比开车时突犯脑溢血的人好些，所以这位年轻见习生就升任为佐佐木家的司机了。

春子是我母亲的妹妹。不过是所谓的同父异母妹妹，现在的外婆——春子的母亲——是外公的后妻。外婆虽然原为烟花女子，但随着岁月的流逝，她已经洗尽铅华，露出美丽的木纹，养成一副洒脱的人格了。

春子小时候胖得像个桃太郎②，所以都叫她"阿桃"。进入少女时代后，筋肉瓷实了，虽说偏瘦，但体形丰满，具有轻盈的质感。她呀，谁见了都会喜欢，和男同学相处很好，和女同学更加亲密。总之，和谁都处得来。你只要在她面前出现一次，你就觉得非爱上她不可。她本人也似乎觉得没有人不爱她。

但是，自打进入女校起，春子不知为何，开始讨厌市井男人了。园艺工，商人，街头所见的无赖，劳动者……不仅这些人，哪怕是朋

---

① 一种口服清凉剂。
② 日本童话中的人物，从桃中出生，身体壮实，联合狗、猴子和野鸡打败了鬼岛上的鬼。

友自豪地提到自己年轻的家庭教师，也会使她皱起眉头。和同学一道逛街，当年轻的店员摇摇晃晃骑着自行车一边跑一边回头张望时，春子的脸上就泛起近乎痛苦的轻蔑的表情。这样一来，人们以为她势必喜欢同一阶层中那些华而不实的公子哥儿们了。奇怪的是，据说她和这些富家子弟，也只停留于一般交往，连接个吻她都不答应。

这样一个春子，突然和司机一起私奔了。同学们兴奋得有哭有笑，吵吵嚷嚷两三天，仿佛是自己私奔了。我想起当一位同学说道，如今身为她丈夫的那位年轻司机油光闪亮的帽檐上映着蓝天，帽檐下边露出洁白的牙齿笑了时，春子微微皱着嘴角，板起面孔不作回答的表情。

——这些传言不足为信，总之她和司机同居了，听说家中只有司机一个最小的妹妹，才八岁。她虽然和这边的家人断绝了来往，不过外公还在暗暗寄钱过去。

本来，我做梦都想弄清楚的不是这种颇带喜剧色彩的事件本身，而是后来的她，是她漫长的谜一般的生活。每当我于自己平板的生活中感到痛苦的时候，我就想起小姨，想起她那放荡不羁、女艺人般寂寥而又危险的生涯。

一个成为新闻人物的女子，究竟会走过怎样的道路呢？她不久就将被人们遗忘。进而，她自己也会感到被过去的自己所忘却。为什么呢？因为那个时候的自己，和人们的记忆交相辉映，而今天的自己，虽然依旧执拗地为新闻报道的记忆所追逐，但当自己出现于人前时，人们想起的不是眼下的春子，而是过去的春子。尽管今天的她如此凝视着过去的她，但过去的她不会再对今天的她瞟上一眼了。

一度娓娓动听谈论她的大众的口舌，对她倾斜过来的无数只耳朵，还有贪婪地盯着她的玉照的众多眼睛，已经为春子的一生投下许多暗示。她要么遵照他们的愿望而活，要么遵照他们的失望而活，别无其他选择。她自身的生活方式失掉了。

——然而，她不能再获得其他的生活方式吗？一种预想的或预想之外的活法，或者特别设计的活法。可以说，我一直期待着、憧憬着她能成为这样一个人。

一切都落空了。我知道，我梦想中的春子，早已不是我那位名叫春子的小姨了。正当这时候，春子回来了，丈夫战死，她领着小姑子回到了外公家中。

佐佐木家的外公性格偏执，讨厌打电话，直到现在还坚持不许家里安装电话。外公半身不遂好些年了，他有个习惯，每天一早起床，就唠唠叨叨说个不停，简直像着了魔。他把十年前辞退的伙计又召回家里来；花了三天工夫，从仓库里找出了一九〇二年在柏林买的大型烟斗；同十五年前绝交的朋友言归于好，将一幅弗拉曼克^①的画毫不吝惜地赠给了他；忽然提出想吃鳗鱼，结果派人跑遍除了特殊贩卖店外什么也看不到的整个东京。一天早晨，他把春子叫回来，对她交待了一番。除了我们家之外，许多亲戚都表示反对。可从来都是，亲戚愈反对，他愈喜欢一手包办下去。我不知从哪里听到过这样一件事情，九州的大舅父发来电报，表示坚决反对接受春子，外公高兴地将电报藏在枕头底下，逢人就乐呵呵地拿出来

<hr />

① Maurice de Vlaminck（1876—1958），法国画家，作品有《夏都的住宅》和《冬日风景》等。

给人看。外婆笑着说，看他那嘻嘻哈哈的样子，只有这时候倒像个慈祥的老头儿，真是奇怪。

昭和十九年夏初，为了见春子，除了定居于大阪的父亲以外，母亲带着我和弟弟走访了佐佐木外婆家。在战争开始后不久，外公就搬到郊外居住了。头天晚上我几乎没有睡觉，虽然脑子整夜都在胡思乱想，但却没有浮现熟悉的春子的面影。我想起那位残酷的曾外婆，传说她曾经在曾外公宠爱的侍女身上烧遍了艾灸，将她折磨得死去活来。我还想起地震时焚毁的佐佐木老宅子那块大石头的可怕的故事。触犯家法的年轻的伙计曾躺在这块石头上受罚，自从血染庭石以来，这块石头每夜都啼哭不止。好奇怪的大石头！

春子站在大门口，戴着皮手套的右手牵着一只德国产名犬的幼子——名叫夏尔克号的牧羊狗。下身是宽大的灰色女裤，上面穿着花格夹克衫，挂着故意给人粗劣感的首饰——一串白漆木球缀成的项链。牧羊狗乌黑的皮毛和夹克衫花哨的格子，形成时尚的对照。她虽然年过三十，但看起来十分年轻。说来也就是这些。

"啊呀，你们来啦？"——春子对我母亲说，两个人都显得无动于衷。

"我来给你瞧瞧儿子。"

"真的长大啦。宏哥儿从学习院已经毕业了吧？"

我为了掩盖失望，特地装出怪不好意思的样子。

"没有，要到后年呢。"

"这位见到我好像很生分呢。用那种眼光看人，以后我会让你尝尝我的厉害！……好了，姐姐，你们进去等着，我遛遛这只狗崽子就回来。"

夏尔克号立即跑出去，牵着狗链子的皮手套随之绷得吱吱响。不知为什么，我感到自己的心脏也突然紧缩起来。春子并不大惊小怪，牵着狗迈开步子，走到路边回头笑了笑。那不是亲切的笑容，而是干枯、美丽、毫无光泽、有气无力的笑容。

"为什么阔别十年见到我和阿晃还是这般漠不关心呢？"

"什么妹妹，这女人简直是个妖怪！"母亲没有回答我的提问，嘴里咕叽着难听的粗话，随后钻进大门。

一切都失望了。

幸好，外婆和母亲把家庭出现的这件事巧妙地埋藏在混乱的战争中了，她们有意装出什么事也没有发生的样子。然而，我心目中的春子并非如此，她应该还是那桩"事件"里的春子（我不知不觉也学会那些报纸读者的看法了）。她是灾星，是祸水，是一种既威胁我又迷惑我的新的生存方式。据说春子从来不提死去的丈夫，这种传言也是使我感到失望的一个原因。可以说，她被卷入了周围麻木不觉的状态中，如果这是一场麻木不觉的较量，那就谈不上输赢，这位小姨的处世方法，远远脱离我梦想中易受伤害的生存方式。

母亲不愿意把春子邀到家里来，此后整个夏季，我和同学出去旅行，几乎同春子没有什么来往。

说实话，这年夏天，我对春子感到失望，但我一直记挂着与她初次见面时认识的路子——春子的小姑子。为了躲避强制动员令，春子托我父亲在公司里给路子安排了工作，虽说不是因为她是司机的妹妹，可是我母亲对待这位少女就像对待女佣一般。这一点我很看不下去，心里非常憎恶母亲。这倒是有些出乎意料。

路子的打扮整洁、利落，身上虽说带些乡下人的土气，但反而显得天真烂漫。她眉清目秀，笑起来既娴静又活泼。她寄居在管家夫妇那里，他们住在另一栋房子，这对夫妇没有子女，听说不久就会收她为养女。

不知怎的，我就是忘不掉她。路子长着一张充满稚气的脸蛋儿，她那成熟的身体使我着迷。她说话口齿不太灵巧，有时令人着急，所以大多时候沉默不语，不过，她那慢条斯理的样子反而具有挑逗性。

虽说相识，也并不是每一次去外公家一定能见面，她不爱说话，两人也没有机会交谈。不知不觉夏天就要过去了。

一天夜里，我突然醒来，担心她是否病了。我一时弄不清是梦见的还是醒来之后想到的。我只当是自己胡思乱想，第二天也没有跑到外公家里看看。谁知，由于那天没有对这场噩梦加以验证，各种倒霉的事情一起向我袭来：我失手打破了茶杯；乘电车本应是山手线，结果误上了京浜线；把东西忘在朋友家里；丢失了钱包；削铅笔老是嘎嘣嘎嘣折断笔芯……最后没办法，我还是去看望了路子，她根本不知道我暗暗为她所受的一番辛苦，只是一味地忙忙碌碌。路子见了我像看见路人，只是例行公事地行了礼。我一脸愤怒，满怀幸福地回到家中。我对镜自照，一副傻傻的痴情的面孔，明明是恋上了那个女子。

不久便是秋天，胆小怕事的母亲决定带着弟弟疏散到Y县深山里的熟人家里，我因为无法逃避学校工厂的义务劳动，单独留了下来。在大批行李运送到疏散地的前一周，母亲和弟弟先去那里住了一夜，看看情况。

二

　　……夏季结束了。但是，太阳光比夏季平稳的时节炎热得多。不知不觉之间，映入眼中的燕子回旋飞翔的情景越来越少了。

　　我放学回家时，在等省线①电车的月台上看到两只燕子，它们无疑是今年尚未离去的最后两只。燕子看来是在隔着铁道和马路的石头房子的屋檐下垒巢。这两只燕子时时活泼地穿插飞翔；同时又像玩马戏似的描画出危险而明快的路线。它们蓦然展开双翅，又立即合上，不停地绕着圈儿，空中，地上，是那样无忧无虑。燕子单纯和明朗的灵魂，仿佛会全部深刻而清晰地印在我的胸中。

　　我十九了。她不是才十八吗？从年龄上考虑，我好像被人看出干了什么坏事，总是畏畏缩缩，一直红着脸。拖着这种倒霉的年龄走路，就像屁股上被人绑了扫帚游街，简直没脸见人。我在等待什么呢？其实我自己心里也很清楚。自己的事情完全要靠自己去争取，可是同样年纪的我没有这个自信。我就像一只追逐自己尾巴的猫，一个劲儿在原地兜圈子。

　　然而，燕子似乎给了我一种轻快的教训。我想，要是赋与我一双少女般长着长睫毛的眼睛，我一定要再一次守望燕子的去向。燕子只不过暗示了一半的教训。

家里来了稀客，她就是春子小姨。不巧今天家里没有人，她便等着我们回去。——婢女告诉了我小姨在哪里，到那里一看，不见她的身影。廊缘被外面的阳光映得十分明亮，藤椅上放着正在编织的蓝毛衣，闪现着纤细的光影。

明天就要运到疏散地的行李，堆满了所有的屋子。一堆堆昏暗的行李的对面，可以看到侧房凸窗那扇明亮的窗户。那里响起了不常听到的女子的笑声，其中似乎夹杂着一个男子的声音。

我不由踏上通往侧房的铺着榻榻米的走廊，一个手里夹着香烟、身子靠着凸窗、穿着宽腿裤子的女人向着这边敏锐地瞟了一眼，我立即站住了。我看到一张刚刚涂抹成的艳丽的女子的脸孔，尽管映射着户外的绿树，但那翠绿也被映衬得囫囵一团，黯然失色了。她就是春子小姨！在我觉察到这一点之前，我的联想里不知为何，突然闪过这样一句奇异的话语，这句话是今天工休时间一个同学说的："大凡船员的老婆，必定是浓妆艳抹的女子。"听到这句话时，我的脑里浮现着鱼油一般腥腻的淫思——犹如初会一样，我狼狈地细细打量着春子的面颜。然后，使自己的心境终于平静下来。

"啊呀，你回来啦？"春子跟人说话时总是像对着天空。

我绝不愿意把春子想象为浓妆艳抹的女人，决心将她看做普通的"小姨"。这样一来，我就不必害怕被她识破我的孩子脾性。为什么呢？因为"小姨"这类人种，总是从自己的年龄角度来看待我们小孩子的。

我絮絮叨叨对她说，母亲和弟弟去疏散地察看，大概今天晚上

---

① 直属铁道省（部）的电车线路。

回来。我一说完，小姨就坐在凸窗边上，扯起了另外的话题："好大的防空壕啊！"

"噢，还有一处是躲人用的。这个则一旦紧急，就可以把行李抛进去。究竟有没有用啊？"

从明亮的户外光线中认出了我，和我打招呼的是父亲公司东京支店的两名杂工。他们的工作是拆除侧房对面那座茶亭式荒凉的小院，挖掘一座四方形的大壕沟。但是这两名懒惰成性的杂工，搬动一块脚踏石就歇息了一小时，又说要淋雨，赶快回家去了。我很早以前就不喜欢那个高个子杂工，他身穿一件运动衫，干起活来吊儿郎当，刚满十九岁就显得精于世故。他在背后对婢女说我幼稚不懂事，我知道后十分憎恨他。我这般年龄还说什么幼稚，简直是难以容忍的侮辱。他走到窗棂附近，对我睬也不睬，嘻皮笑脸地喊道："夫人，又挖了五十厘米，再给我一支烟。"我听了心中一阵窒息。但是，更使我惊讶的是小姨那副做派，春子将膝盖抵在凸窗上，一只手扶着窗棂。

"那好吧，这回给你一支吸了半截的，你可要耐着点性儿，和上回一样，用嘴接！"

"我说夫人，您真够狠心的，那可是燃着火的啊！"

杂工说着说着，浑身燃烧起一种奇特的情欲，开始抖动着那副胖乎乎的敦实的胴体。他像狗一样，全神贯注等着那点了火的半支香烟抛过来。刹那间，我仿佛看到了刺眼的光亮。想到这里，一种莫名的厌恶感使我转过头去。"哎，行吗？可以吗？"春子肆无忌惮的声音，使我联想到栀子花香，那黏黏糊糊的腔调，令人即便堵住耳朵也还是逃不脱。

——我跑回自己屋子，考虑了半个钟头又下了楼。这时，春子依然像先前一样，坐在廊缘的藤椅上，漫不经心地摆弄着编织的毛衣。我之所以要考虑半个钟头，不过是想办法为自己找个借口，以便下楼再去见小姨。虽说到了我这个年龄都一样，但似乎一直被迫作着自我反省，其实，当我注视自己时，仿佛觉得是在注视着女人的脸孔，有一种生理性的恐怖感。我一旦在自己的心目中发现"自省着的自己"的背影时，便安下心来，似乎寻到了烦恼的依据。总之，徐徐将我捆束起来的是某种快乐的痛苦。我再次揣摩着小姨似乎若无其事的言行举止，仿佛一下子感觉到了什么。例如，眼下所见到的情景，好像是打我这里引出的某种丑恶的共感。是的，果真如此，那桩事件发生的当时，春子的同学兴奋异常，究其原因就在这里。我也许在春子的名字里梦见一种未知的热情，宛若某种所谓"纯粹卑贱"的野兽，奔跑于阳光灿烂的原野，气喘吁吁地垂着灼热的舌头。

这种想法突然使我偷偷地瞟了小姨一眼，那眼神充满与生俱来的深沉的内疚，就像被人识破自己年龄时的感觉。与此同时，我又奇怪地再次清清楚楚想起春子当时说过的那句话："用那种眼光看人，以后我会让你尝尝我的厉害！"

"有人说今年秋天战争就要结束了。也有的同学说小矶①是什么和平内阁。不管投降还是干什么，越早越好。"

"哦，你讨厌战争吗？"

我想，小姨现在莫非要谈起战死的丈夫？我感到自己的眼睛发

---

① 小矶国昭（1880—1950），陆军大将，太平洋战争末期任首相。甲级战犯，被处以终身监禁。

亮了。然而，这种空想的期待连我自己都不抱希望。不知为何，我害怕春子提到自己的丈夫。我战战兢兢地急忙回答她说：

"嗯，因为我们都气馁了。"实际上，我一点儿也没有气馁，只是一到春子面前，就想发现自己的堕落、大大炫耀一番似的，我被一种天真的冲动左右了。

话虽这么说，但我一次也没向小姨问起路子的事，我也不打算再问了。说来奇怪，小姨也从未提起过路子。

口头上不敢提一下路子的名字，这证明你在恋着她——我心中另一个自己奚落我。然而，我就像一位被迫作了一首歪诗的少年，害怕拿出来见人。自己的恋爱要是被所有的人看穿，那比路子本人知道更可怕。这种虚荣心令我产生一种迷信，认为只要提起路子的名字，就有被人看透心思的可能。其实，我哪里知道，自己不提路子，反而更会引起别人的猜疑。

院子里黑下来了，母亲和弟弟还没回来。婢女通知说洗澡水烧好了，春子最先被请去入浴。

这时，我突然记挂起那一方浴场来，一时不知如何是好。我一个劲儿冥想着，热气或许已在玻璃门上结了露滴，变得又湿又重了。木垫子还是干燥的。女人的足踝踏在桧木格子上，从那种柔滑的触感中可以体味今秋的韵致吧？浴场黯淡的灯光之下，女人的身体在阴影里婷婷而立，仿佛满含着悲哀和情思。随着揭开浴槽盖子的响动，传来最初放热水的哗哗声。女人蹲下身子，热水浇到肩膀上，黯然闪光的水流接连不断地顺着她的双肩和乳沟淋漓而下，一直向着阴影浓黑的地方奔泻……

耳边蚊子的叫声使我清醒过来，觉得坐着的藤椅扶手上似乎有扇动羽翅的声音。一看，那里停着一只巨大的蛾子，洁白的双翅上布满红绿斑点，我嗅到一种烂花瓣般病态的气味。我想把它赶走，当我向小姨留下的银光闪亮的毛线针伸手的时候，惊慌失措的蛾子一下撞到我的脸上，飞走了。我的手里只有一根尖尖的银色毛线针。

当我看到美丽的女子编织毛衣，看到灵巧的双手精心编成的漂亮的毛衣，总是品味着那番奇妙的感触，仿佛饱享着无微不至、间接而深情的爱抚。

我的掌心暗暗记下了毛线针冰凉的快感。如今我把这根亲切的凶器拿在手中，企图用来刺杀飞蛾的胴体，我已经觉察出我的这一隐蔽的企图。

"你妈妈还没有回来吗？"

小姨转过廊子的一角走过来招呼我，那是刚刚出浴时温润的嗓音。我连忙将毛线针放回桌面上，转过头去。婢女事先为她打点好的吧？春子穿着母亲的浴衣，我一眼见到甚为厌恶。已经不是穿浴衣的夏季了，要是当做睡衣，看样子今夜还想住下来吧？我厌恶的当然不是因为这个，而是她身穿母亲的浴衣，这很使我感到害怕。抑或可以称作道德的恶心吧，那是孩子在梦中感到的一种走投无路、实实在在的痛苦。

春子不明白这一点，她浑身飘溢着浴后的浓香，犹如满树鲜花经午后阳光的熏蒸而发散的气息。她一坐在前边的椅子上，就凑近蚊香点燃一支香烟，眼里闪耀的火影映衬着她那俊美的修长的睫毛。我眼睛一眨不眨地直盯着她瞧——深深包裹着四围的黑暗，眼下渐渐唤醒了最近以来那种甜蜜的幸福感。突然，我心里迅速升起一种安堵之感，几乎要笑出声来。

奇怪的是，这种安堵同样来自数十秒前给我带来巨大痛苦的那身浴衣。这回，浴衣拯救了我迷惑的心灵，使我觉得心性安然，不论发生什么事情，都不用担心自己的感情会误入迷途。如果说，先前的痛苦通过浴衣唤醒了心中平常最不易动摇的部分，那么，这不正是如今可能坐在火车上的母亲无言的庇护吗？

餐厅里降下了灯火管制的暗幕，只有我们两个人一起吃晚饭，无论饭时或饭后，我都毫无拘束，以天真无邪的心情面对春子。过了十点，母亲和弟弟还没有回来。小姨睡在楼下客房里。

我登上二楼自己的屋子，钻进床上的白色蚊帐内，没有马上躺下，按照老习惯先在床沿上坐一会儿，透过蚊帐百无聊赖地打量着晦暗的房间。正巧，巡逻飞机在屋脊上面轰鸣，我想那里定是一派月色明净的天空。一种沉重的困倦向我袭来。

有些事尚未清晰地了断，总以为还留着什么，这样的一天即将结束的时候，我们每每像海藻虫一般，有一种投身其中的动物性温热的无力感。那天夜里我睡得很沉，不会被轻轻旋转门轴的声音所惊醒。尽管如此，我还是被吵醒了。简直就像期待着似的——月亮已经沉落，屋子里一片漆黑。

"谁？"——我叫了一声。

没有回答。

扭亮枕畔装着控制灯泡的台灯，只能朦胧看见门口有个白色的东西。

"谁？是妈妈吗？怎么啦？"

那东西来到床边，可以认出是母亲的浴衣。

"是妈妈吧……到底怎么啦？"

身边传来一种从喉咙管里发出的音响，似乎极力忍住不笑出声来。蚊帐猝然被拉开，一个人影早已紧靠床边，站到蚊帐里头来了。我吃力地举起台灯一看，面前出现一张船员妻子特有的、刚刚涂抹的闪光的粉脸。

"胆小鬼，妈妈，妈妈，喊什么呀？宏哥儿都多大啦？"

我明白了。虽说明白，然而刹那之间，我又陷入朦胧之中，就像对待别人的事情。于是，一阵甘美的战栗突然流贯了我的全身。

春子已将半个身子压到了床上，一股噎人的香气夹杂着犹如涂抹白粉的家畜发出的气味，弥漫着整个床铺。我看到浮现于微明中的窥视般的嘴唇，嘴里微微显露出洁白的牙齿，那一颗颗牙齿洋溢着美丽而诱人的光彩。

我的脊梁又倏忽流过一股战栗和悸动，几乎无力擎住手里的台灯。而且，举着台灯的那只手的小手指，像小虫一样频频颤抖，似乎撞击着其他手指发出了响声。

但是，我的这种兴奋，也和看到小姨穿着母亲的浴衣时一样，转变为同样强烈的厌恶。这又是一次难以忍耐的强烈的厌恶——立即又恢复了卑琐的兴奋——厌恶再次充满了心胸。

我几乎喘不出气，内心一时软弱下来。我虽然还记得自己用沙哑的声音好容易说出的那句话，但我却无法记得究竟花了多长时间才说出口的。

"不行。不能穿着母亲的浴衣。穿浴衣，不行……"

"脱掉行吗？啊，脱掉总可以吧？"

她那说服的语气里带着凝重的音调，这是浸润着女人智慧的动听的声音，叫人很难忘怀。这声音不含一丝淫乱的意味。

春子说罢（我的衣带何时被解开的？）摇摆着身子，我看着她从浑圆的肩头拉下了母亲的浴衣。

三

　　我想起翌日早晨上学途中所见到的街景。那景色给我留下空虚、旷达而孤独的印象。街道树在朝阳下闪耀，树林、建筑物等秋日里清洁的阴影，竟然也出现在因强制疏散而一半被毁坏的房舍污秽的影像里。女人们一大早饿着肚子在车站旁举行防空演习，她们笑语声喧地练习运送水桶，丰盈、澄澈的清水洒满了路面。放送局正在播送晨间新闻——到处都没有官能的阴翳，一如小学的教科书，一派平明、安详的景色。这么说来，孩子时代总是通过彻底透明而清爽的脑袋醒过来的。通向学校道路的印象，每天早晨都刻印在小学生的脑袋里，那脑袋就像经过仔细收拾的明朗的小屋，光洁闪亮。公园的树木经微风掠过，枝叶窸窣作响。我走到气枪店明亮的橱窗前，总是不得不停下脚步……

　　——正如反复说明的，那是孤独的印象。就是说，那是一种即便没有接受感谢的人的得意而谦虚的微笑，也可以毫不客气地进行感谢的快意。感谢，永远是对我自身的感谢，而不是对小姨的感谢。

　　话虽这么说，母亲他们疏散几天之后，春子再次来访，那一夜比最初的一夜更加艳冶。

但是，我终于被遥远的呼唤"路子"的声音惊醒。这声音暗示着我，使我感到我自己就是路子。而且，这不是在呼唤丈夫的名字——眼下，她不是呼唤死去的恋人，而是呼唤路子的名字，这叫声令我产生一种负疚的感情，这种感情该如何说明呢？不管怎样，作为路子的我，对于这种急促的叫喊，总想含着眼泪给予回应。这似乎是穿过暗夜寂寞的荒原、向我奔驰而来的呼喊。我想起古代本国神话小说，有篇故事讲到某人能再次听见阴间里情人的呼唤。这是一种动物性的诱发生之哀怜的呼声。我感到"嘎"的一声水鸟般的呜咽打心底迸发出来。其后，我觉得路子宁静而热闹的笑声，梦幻般漂荡在我的唇边。

我认定自己还没有醒过来，尽管这样，我依然不得不相信自己就是路子。但是，作为路子的我为何要回应那种悲切的呼唤呢？对于这一点，我已经无法弄明白了——我用手举着灯照着。

"路子，啊，路子！"

发出啜泣声的是小姨。灯光映射着平时那个目不可视的东西。对于快乐，那是必不可少的"罪愆"；而为了快乐，那又是一直被掩藏、决不许人一见的隐秘。春子的那张脸，似乎已经觉察这个隐秘早就暴露无遗了。她扭着头，紧咬牙关，女菩萨似的眯缝着双眼，额头上似乎嘎吱嘎吱有声地爆出一条条青筋，眼角里流出的丝丝泪水，濡湿了她的头发。

"怎么啦？"——我再也看不下去了，随即摇醒了她。仿佛丑恶的东西已经流溢出来，她那醒来的美丽的睡脸，勉强地朝我嫣然一笑。

"我做了个噩梦，给魇住了。"

就像一般人讲述梦中故事一样，她的语调变得平淡无奇——至于她在梦里呼叫路子的名字，我丝毫没有提及。要说嫉妒，只能嫉妒变成路子的我自己；尽管如此，要说不是嫉妒，那只能认为我已经爱上路子而不再爱春子了。我尝到了这种奇异而错杂的心情。

昨夜的梦呓使我想起了久已忘记的路子。因为是星期日，我和春子从容地吃着早饭。朝阳正好照在春子身上。我发现自己正在不露声色地细细打量着她，极力想从那张脸上找到额头的皱纹、眼角的皱纹、唇边的皱纹以及颈项上的皱纹。我对自己有着成人般极其残酷的目光而感到快意。我的眼里没有出现一丝皱纹，心中涌起强烈的愤怒。因为没有找到一丝皱纹，我便打算饶恕春子，至于饶恕她什么，这倒没有想过。

"为什么一直那样看我？"春子像赶走苍蝇一样挥挥手。

"嘻嘻，没什么。"——我自嘲似的微笑起来。这时，我想到自己才十九岁，一种自甘堕落的喜悦充满胸间。

第三次幽会已经不行了。"不是这个，不是这个身子。"就像《十日谈》中那位本来想上女儿的寝床却误上了母亲的寝床的青年，我一时困惑起来。本该事后产生的动物性的悲哀却最先到来了。我当时的表情，肯定像一位满脸惨白而悲戚的慈善家。

春子似乎预感到了什么，她用下流的语调嘲笑我。我生气了，不由想告诉她那天夜里说梦话的事。我打发她回去了，并没有像往常那样约好下次见面的日子。我盯着小姨独自出门离去的背影。前院里普照着温汤般和暖的秋阳。我不是不爱春子。我不是再次爱上了那个"春子"吗？我这样做到底意味着什么？是把她赶出家门，使她获到解脱，重新回到那种女艺人般寂寞而危险的生涯；——还是得到给人以快乐的船员的眼色，当我明白自己停泊于快乐之港时，然后立即被逃脱的诱惑弄得心神不宁呢？

——春子主动站到请求者的一边，而我则站在命令者的一边。比起请求者，命令之于我是多么难以忍受啊！春子不懂这一点，真叫人焦急不安。命令一个比自己大十岁的女子，处在这样的地位，对于我来说，决不感到自豪和高兴。相反，我觉得自己会因为命令他人而遭受侮辱。然而，春子似乎对这一点始终弄不明白。

"你看，该如何是好呢？"——像我们第一次见面时那样，她有气无力的，轻蔑地笑了笑。眼下是她最娇美的表情。

"请允许我见一见路子。"我说。

"我答应你，这个好办。"——春子回答得很虚心，她神态非常平静，似乎早已胸有成竹。"她的朋友结婚，后天我们相约去买礼品，到时候你也一起来吧。"

可以说，这是一个女人赏给一个被她夺去童贞的男子特殊的好意。换句话说，她力图用这番好意抵消一切敌意和憎恶。

这天一早下起了初夏常见的明净的雨。一个令人心潮起伏、想到女人们清凉的绢伞的早晨。

只和美女两个人一起走路的男人是可以信赖的；夹在两个女子中间走路的男人是小丑。我干脆把她们两个看做我的姊妹，出门时特地穿戴了制服和制帽。不打绑腿在外面行走，是我当时一种暗暗的自豪。

在S车站等了一会儿，看到明艳的杏黄伞从郊外电车站台正向这里走来。两人共撑一把伞（我站在角落里，她们似乎还没有注意到），虽然雨不怎么大，可她们几乎脸挨着脸，靠得很近，连头发也分不清谁的是谁的了。

别说嫉妒了，这番情景使我看得入迷，我甚至忘记自己是来和路子首次幽会的了。这给我留下一个十分快乐的印象。

两人虽说靠得很近，但一把伞总是显得太勉强，随着她们渐渐走近，我看到春子那只握着玛瑙色伞柄的光洁的素手被雨水淋湿了，荡漾着一种冷艳和娇媚。伞下面经明丽的杏黄色的映照，两个美女姣好的脸蛋儿紧贴在一起，宛若满登登的一篮子水果。

她们一看到我，两个人都浮现出笑意。我很诧异，她俩的微笑多么相似！一个内向型的少女，初次见面说起话来本来会脸红的，然而，有些贫血的路子面颊没有一点儿血色，这也许成了分辨两种微笑的标记吧？今日的春子没有像船员妻子那样浓妆艳抹，但看上去格外年轻俏丽。路子呢，只是一副冬玫瑰般不甚着意的淡妆，将那略显脆弱的美装扮得十分丰蕴。然而，一旦倚傍在春子身边，她的美不能不说是对春子之美的逢迎和帮衬。

怀着一种足以证明爱着她的急迫和难耐，我和路子并肩坐在市内电车的座席上。我有一种类似沙子从指缝间漏泄下去的焦躁感。这时，那少女用一副从容不迫、令人焦急的口吻说开了。她那慢条斯理的样子很使我怀念。

"说起我的那个朋友，本是一位疏散到茅崎的有钱人家的小姐。她是个脾气古怪而心胸开朗的人。据说有一次，她的未婚夫一大早来看她，小姐竟穿着睡衣带他一起到海边摔跤。谁知那位未婚夫偏偏喜欢她的这种性格，对她十分中意。再有一周就要举办结婚典礼了。"

她对婚礼和未婚夫等表现出少女般极其自然的关心，这使我非常高兴。不过，想来想去，只能认为她是故意绕圈子，向我表示她很想像刚才一样，同我共撑一把雨伞。因此，我对她说，我的伞很大，回去时一块儿走吧。于是，少女反问我要回哪儿。"你还没到我那里玩过吧？回去时请务必去一趟。""姐姐能一起去我就去。"——这决不是找借口，她认为这是理所当然的事。

——这样的雨天，很少见到有人逛银座买东西，除了我们之外就只有面颊发红的乡间士兵之类的人了。这些士兵带着一副欺压新兵的好色的眼神，贼溜溜地打量着这对共撑一把伞的姊妹。

昭和十九年秋，正在实行建筑疏散的银座大街，为了填塞空出的地方，不知何时整条大街的橱窗都被豪华的花瓶占领了，洋溢着一种莫名奇妙、不合常理的气氛。空袭前如此虚荣的最后的豪奢，经著名的钟表店、珠宝店、古董商和陶瓷公司的专营店以及百货商场等场所，进一步扩展开去，所有商店装潢华丽的玻璃窗里，都摆着根本无法销售的巨大花瓶，灿烂夺目。这种经不住炸弹、只供观赏、又不便于运输的玩意儿，收藏在易碎的玻璃柜和橱窗里，此番光景酿造出一种非人工的妖艳的风情。这种由沉滞而凝重的幻景、粗野而华丽的虚空形成的气氛，进一步围绕巨大的豪华的花瓶而摇曳生姿。

雨停了，对面大楼贴着防止暴风的华美纸条的窗户闪耀着光亮。两个女子要么站在花瓶前面，要么径直横穿过去，或者抬眼注视着花瓶，或者对着花瓶低头俯视……她们的姿影使我百看不厌。

这也给了我更直接的快乐的印象。不可一个人，一定要有两个女子紧挨着一道走才行。少女身上浅蓝的夹克和小姨穿的枣红色夹克，透过玻璃映在纯白的陶瓷表面上。两个年轻的美人一旦靠近，那自然飘溢而来的明显的无耻的甘美，以及那种旁若无人、连鬼神都不感到畏惧的过剩的优雅，甚至连白瓷花瓶也给迷住了。

"没找到十分满意的，我们再随便逛一逛吧。"春子的话将我唤醒。今天干什么来了？到银座之后，我同路子不是还没有搭上一句话吗？我不是一心巴望见到路子，靠近她，和她说说话儿吗？——我从梦中之梦被叫醒以后，看到姊妹俩终于在横街里买到两只花瓶，这两只花瓶说不上是淡红色还是别的什么颜色，都带有少女趣味。这时候，我才仿佛真正从梦境里又一次被唤醒过来。

"一样的花瓶为何买两只？"

"成双成对嘛。"春子答道。

邀请她们去我家，那段上坡路就得由我拿东西。我想，要是这样，不如干脆买那种几乎拎不动的更重更豪华的花瓶呢。既然帮路子拿东西，越豪华、分量越重越好。

走出商店又下起雨来，云隙间的晴空像折扇一样闭上了。

她们同意到我家来玩。欣赏花瓶的一段时间里我的心境发生了变化（抑或这是春子耍的手腕），似乎没有春子我就无法再见到路子了。一走出车站，雨更大了，两个女子光凭春子一把雨伞，身子全被淋湿了，于是我趁势叫路子走到我的伞下来。可是我家前边的陡坡很难行，为了躲避一辆下滑的自行车，路子一下子跌倒了。我左手拎着花瓶，右手擎着雨伞，一时很难把她扶起来。不，她那样子似乎是轻轻坐在了地上，自行车过去之后，一瞬间不知如何是好。我眼看她站起身来，扶着膝盖，像水鸟一般垂首而立，不由吃了一惊，连忙招呼后面跟来的小姨。

——其后，我已记不清是如何将她带到浴场去的了。只记得高高兴兴很忙了一阵子，心中感到无比快活。

说不定我把左手里的东西猛然托给小姨了吧？然后急匆匆生怕被别人抢了先，遂不顾路子一瘸一拐，挽起她的胳膊就向家里快步走去。看到她下半身沾满泥水，我似乎产生一种十分兴奋的感情。一到家中，就一边吩咐着，一边将追上来的春子关进客厅。

"请在这里等着，药和绷带我很清楚。"

路子站在浴场的脚垫子上惶恐不安，就像一个和人打架、弄得满身泥水的孩子，一动不动地等着我拿药和绷带回来。

"伤着哪里了？快洗洗干净，以防感染霉菌。"

路子一直默不作声，她好像十分困倦，也没有脸红，慢腾腾卷起了裙子。男人穿的混纺毛线袜一直套到膝盖下头，沾满了泥水。同样沾满泥水的膝盖似乎有些擦伤，为此，白嫩的大腿看上去简直如梦幻般白皙。她将膝头伸到水龙头下面，洁净的水流猛冲下来，眼见着露出玫瑰色的浑圆的膝盖来。附近柔软的皮肤上有一处很大的擦伤，经水一洗，清晰地显露出来了。流水冲洗的时候呈现些微的桃红，水一旦偏向旁边，鲜红的血液仿佛猛醒似的，立即渗出来，染红一片。

"干净啦——血都出来啦。"

我的心里又是一阵兴奋，真想将手中的药和绷带扔在那里。几个星期来和春子交往中产生的郁闷心情被涤荡尽净，仿佛有人当头给了一棒，一下子猛醒了。我以为我从这血色之中又重新找回了自己失去的东西。

四

在外公家里不能大声说话，所以后来只好到我家里或别的地方见面。明确地说，春子同意我和路子约会，是作为有求于我的报偿，可奇怪的是，自那天之后，她不再求我了。她总是同路子一起来，孩子般地玩一阵子，两人就一起回去了。她们说，一定要让光吃女佣做的饭饿瘦的我胖起来，所以姊妹二人总是换着花样给我带来些好吃的点心和饭菜。不知为何，我对自己十九岁这个年龄似乎特别中意，就像一个孩子，越是临近被催促上床睡觉的时刻，越是疯狂地玩耍、嬉闹。大家严格遵守游戏规则，其中一个规则是，姊妹两个对过去的生活不肯提到的地方也不许打听。事实上，对于春子来说，私奔事件在她的生涯中，并不像人们想象的那样具有多大意义，那些貌似有意义的过去，早已变成容易驯养的小猫，总是在女主人的脚边昏昏欲睡，只要唤它一声，小猫就微微睁开眼来，温柔地舔舔女主人的手心。

打那时起，我的记忆一下子染上了错乱的色彩。那种当我明白身陷其中而必须迅速逃脱出来的"快乐"，那种从第三者立场上看，令我神魂颠倒的"快乐"，利用我最容易接受的通道开始向我进攻。对于我来说，那是一条可怕的通道，但我不知如何加以说明。

事情就那样开始了。三人打麻将的时候，洗澡水烧好了，我总是先请春子入浴。

"哦……"——春子有些迟疑起来。夕阳照射着庭院，干枯的菜园宛若黄灿灿的花园一般。路子一边像拿玩具似的拿着麻将牌，一边望着空无一物的庭院。一度站起来的春子，没有走出屋子，就像初次看到似的，好奇地注视着百宝架上的雌雄小鹿。

这时，我心里产生一种奇怪的感情。我叫春子先入浴，确实是想和路子两人多待上一会儿，但我觉得这种做法既危险又不稳妥。而且，这种不安的心情似乎来自那种巴望被别人看到的异样的欲望。

我伸手捅了一下路子的肩膀。我的手指感受到一种结实的弹力。一瞬间，我怀疑这位少女是否真的纯洁。

"想什么呀？快去入浴，和小姨一起洗吧。"——我极力显出一副恬淡的样子，其实我的话和我刚才的希望正相反。

"那我过去了。"——少女望着对面没有动弹，用一副懒洋洋的语气回答。当时，我若无其事地朝小姨那里看了看，春子的眼里散射出放肆的光芒，脸上绽开了歪斜的欢喜的表情。我想，这下子完了。

——此时，我最大的心愿是想把同春子一道走出屋子的路子一把拉回来，但我还是控制住了自己。再没有比这个时候，更加坦然地陶醉于痛苦的甘甜之中了。

我倚在桌边呆呆地凝视着，桌上铺着打麻将用的毛毡，夕阳低低地照进来，一根根细毛闪耀着金光，平添了一层绮丽的美景。春子初次到家里来的时候，我曾用一种不违反纯洁的淫乱的好奇心，随心所欲地想象着浴场里的春子。如今，我已失去了那种淫乱的清纯。我把姊妹两个赶到浴场里了，心中回味着对于无法再来的纯洁的强烈憧憬。但是，我的想象力不会再回来了。我一点也想象不出浴场里究竟在干些什么。那里只是一片漆黑，仿佛什么也没有。更不会浮现出浴后静静而立的雪白的肩膀……

这场澡洗得实在太长了，真叫人受不了。其间，我打浴场门口走过的时候，听到浴场里传来一种奇怪的声响，中间还夹杂着啜泣的笑声。这时，走廊上突然想起杂乱的脚步声。我慌忙站起身打开隔扇，一股噎人的蒸汽直冲鼻子。春子带着莫名其妙的微笑朝我使了个眼色。我看见春子的胳膊和身旁路子的胳膊紧紧挽在了一起，心里不由一惊。然而，当我注意到路子那张令人心疼的、双颊含着微笑、如麻布般毫无血色的脸庞，我一阵战栗起来。

"她有轻度的脑缺血，把坐垫摊在那儿，让她睡一会儿就好了。"

我端来葡萄酒，春子问我毛毯在哪里，就到侧房里去拿。

春子去侧房打开壁橱、找到毛毯再拿回来，虽说时间不会太长，但春子马上就会回来的恐惧，时时刻刻激荡着我对路子似乎早已忘却的情爱。要让春子看到才好。春子不在时的放纵，其中包含着奇怪的希冀春子快快到来的愿望。我的面颊凑近路子的面颊。我感到她的脸像陶瓷一般冰冷。那张面庞以死的魅力将我征服，就是说，当我凑过身子的一刹那，我已经不再是我了。

春子抱着毛毯急匆匆走进来。

"你们喝酒啦？"

"没关系，我已经好啦。"

路子响亮的回答很使人扫兴，我吃惊地盯着她的脸。她的双颊竟然红润起来，睁开的眼睛朝我微笑，然后转过脸仰望着小姨，说道：

"我要起来，哎，快扶我一下。"

路子用毛毯裹着肩膀挨着姐姐坐在餐桌前，她什么也没有吃，只喝了少量的葡萄酒。她的面孔比平时更加明朗，排列整齐的牙齿第一次显得这样洁白。她不时将脸靠着春子的肩头，紧紧闭上眼睛，于是春子也有点儿醉意朦胧了。路子突然又睁开眼睛，说要吃水煮栗子。

一切大小琐事都能担待的柔情，地震后全家洋溢的和蔼气氛，把所有的人都变成了瞎子。一般的友情可以看做爱情，爱情也可以看做友情。在每个人收回自己珍贵的面具之前，恶魔总是神不知鬼不觉地一点点描画着面具的肩膀、嘴角。——眼前，春子用筷子颤巍巍夹起一颗煮栗子，正往路子嘴里送呢。我看着她的手，没有丝毫的妒嫉之心，反而觉得春子醉意朦胧的表情非常俊美。这也许是恶魔所重新制作的面具在作怪吧。春子的容颜之所以俊美，是因为路子使她有了醉意，假若是其他男人让春子迷醉，那么在我眼里就不会是美丽的。不过，这个"其他男人"假若是我呢？这样一想我又弄不明白了。

"刚才我打浴场门前走过时听到啜泣声，是谁在哭啊？"——我冷不丁地冒了一句。这对脸儿挨着脸儿的姊妹瞪着大眼睛，依然紧贴在一起地望着我。这使我想起了雨天里两人合撑的雨伞。

"谁也没有哭呀。"

"姐姐切不可装相。我说宏哥儿，姐姐入浴时肯定想起了死去的哥哥才哭的，就像光着身子哭泣的婴儿。"

48

这是路子第一次提到死去的哥哥，不管是真是假，对于被训练得循规蹈矩的我来说，很害怕触及这个话题。我不由想到路子茅崎的那位朋友，于是借助那个笑话胡乱蒙混过去了：

"怎么回事呢？我还以为你们两个比赛摔跤，擦破了皮疼得哭哩。"

姊妹二人听罢，脸蛋儿像点灯似的欻然涨红了。她们互相对望着，像两个女犯人，嘴角边荡漾着妖艳的微笑。

——当晚过了十点，春子和路子回去之后，一种平时少有的甘甜而温热的情绪萦绕在我的心胸。那天夜里，我梦见她们比赛摔跤，姊妹两个像野狗一般叉开双腿站在那儿。两人都穿着女艺人的衣裳。

似乎隐含着某种欺骗、然而颇为愉快的秋日就这样一天天过去了。我到东京车站为出征的同学送行，他的那位丰满、健康、爱笑的未婚妻送他来了。载着未婚夫的列车开出后，她还是吃吃地笑个不停。我也希望有个爱笑的女朋友。两人提起早晨也想笑，提起有人从丸大楼跳下来也想笑。

恰好第二天，我偶然看到了使自己的愿望得以实现的举动。平时总是和春子一起来这里的路子，晚上一个人单独来了。她从院子里进来，看到在客厅阳台上读书的我，问道：

"哎呀，姐姐呢？"

"不知道。"

"已经来了吧？从你脸上看得出。"

"那你就各个屋子找找看。"

"啊呀，怎么啦？她从来不会抛下我一个人的呀。"

这话听起来有些怪。"从来不抛下我一个人"，那就是两人一直做伴的意思，在外公家里两人有这个必要吗？见我有些疑惑，她解释说，不是的，她们今天约好在车站碰头，但春子途中临时要去办事，路子只好晚到半个小时，她想大概春子先来了。看来今天的事是真的。然而，随着我步步进逼，路子只好故伎重演，像以前每到走投无路时那样一个劲儿眨巴着妖精似的眼睛，她说："好啦，实话对你说吧。"

原来去买花瓶几天之后，路子离开了窄小难居的佐佐木家，搬进春子给她找的一间公寓。春子依然住在佐佐木家，怕路子寂寞，她每周必定来公寓住上四天。只是娘家的人顾及体面，一旦追究起来会惹起麻烦，所以在娘家亲人中，不用说我了，就连她的亲娘——我的外婆，她也没有说明公寓在哪里。春子打算等安顿妥当了，瞅空子由她亲自通知我。听路子的口气，可以说一切全权都由春子掌管。

我估摸路子不会轻易把公寓的地址告诉我。然而让我更为担心的是，小姨一旦此时从背后现身，我将失去与路子单独待在一起的机会。

"到楼上去吧。"路子默默随我登上二楼我的房间，她几次来这里借过书。春子会不会马上就到呢？诚惶诚恐之间，路子身上涨满了一种面临危机的媚态。没有谈到正经的事情，一个小时就过去了。于是，一边是路子战战兢兢的，一边是一个劲儿无聊地盯着她那身熟悉的西式女装的我。一旦不再担心被春子看到，我对路子的欲望也随之衰萎了。

广阔的晚霞映射着敞开的窗户，高台下面大街上的市声，变成了寂寞、黑暗而愉快的无数声音的微粒子交相飞舞。这些微粒子中夹杂着附近联队军号声的略大的圆滑而光亮的微粒子。——我百无聊赖，走到书架前随手抽出一本书翻着。路子坐在我的书桌前一个劲儿乱画。两个人互相看不到对方的脸，反而使我们像平常一样快活。

"哎呀，是鸽子在扑棱扑棱飞旋呀。" "每天一到晚上，就看到有人站在屋顶上挥舞旗子呢。" ——路子没有回答。只听她轻轻叹了口气，还有撕纸的声音。接着，她自言自语： "怎么还不来？莫非姐姐……"

本该给我伤害的嫉妒没有了，这样一来，我反而被这种感觉所伤害。我沉默不语，有的只是奇怪的感伤的共鸣，就像打算回应梦中叫醒我的"路子"的喊声那种浸满泪水的共鸣。我觉得，一直同我在一起等待春子的不是路子，而是我自己。路子的心情十分清晰地映在我的眼里。路子关在这间男人的房子里，仰望着暮色苍茫的天空，心里一直呼唤着春子，我感到她不是一个一般的女子，她的心事也决不是凭"恋人的直觉"可以一下子感知到的。

——我极力想扼杀这种愚蠢的感情，然而不论如何扼杀，还是无法达到目的。暮色如猝然倒地的病人迅疾到来了。想到今夜单人床上的寂寞和黑暗，我就有点儿受不住了。路子依旧坐在椅子里，她抬起那张毫无表情的脸仰望着我，就像仰望柱子上的挂钟。那眼白看起来泛着水蓝色。我把手搭在她的肩膀上，我感到她的肩头在颤抖。我凑过嘴唇，她用可爱的坚实的芳唇回应着我。

房间里已是黑夜。路子胆怯地做着回家的准备。我没有挽留她，也没有送她到车站。

——尽管如此，那却是一次没有乐趣的接吻，路子只是为了安慰我今夜独寝的岑寂，才赏赐给我的吧？"不是这个，不是这种嘴唇的味道。"我的嘴唇如此不满地嘀咕着。于是，蓦然之间，我想起和春子第三个惨淡的夜晚。"不是这个，不是这个身子。"如此令人作呕的联想是从哪儿来的呢？眼下和路子最初的接吻里，难道从路子的芳唇上尝到了春子的味道吗？对于一个正经人来说，这是难以容忍的联想。

第二天，同路子一道来访的春子，趁着路子出去的时候，脸上浮现着无力而典雅的微笑，用一种与此极不相应的干燥无味的语调，直接问我："我听说啦，宏哥儿，昨天你和路子接吻了吧？"我一下子脸红了，一时不知如何是好。这最初的狼狈过去后，紧接而来的感情完全背叛了预想（不用说，我认为接踵而来的便是令人恶心的不快和愤怒），心中迅速涌现出一种新鲜生动的对于昨日接吻的追忆，重新咀嚼那个想被春子看到的接吻。接着，这个联想又忽地变成可恼的最初接吻持续数日的酩酊的记忆，变成下一个欲望尚未实现的痛苦。——后来我诘问春子，路子的秘密住所在哪里。"很快就会告诉你。"春子要我等路子同意之后再说。

打这时起，"告诉我路子公寓的地址，我要去玩"这句话就成了红着脸提要求的同义词。出乎意外促使及早实现的，不用说是那个最美丽的秋末的一日。那天响起了最初的空袭警报。

"明天一定告诉你我的公寓地址。"少女说。就是说路子答应了。恐怕也是获得了那个不知葫芦里卖的什么药的春子无法理解的许可吧。

对我来说，到学校工厂劳动有着各种意义。那天整个上午，我在家里实在待不住，便到工厂拼命干活去了。我想，可能的话，从昨晚上起一直干个通宵。午后一点光景离开工厂回家。婢女说："她们刚来不多久。哎呀，到哪儿去啦？"屋里有脱下的普通丝绸劳动裤，叠得很整齐。"是今天夫人穿的衣服，她脱下劳动裤，我一瞧，原来是挺好看的古代紫哩。"婢女也懂得高雅的词儿。"我到庭院里看看。""哦，不用，我去找吧。"我说着，换上木拖鞋到院子里去了。

菜园的绿色大都失去了。草坪布满枯草，呈现出温暖的土黄色。万物静寂得犹如秋木断弦的琴瑟。落叶挂在黝黑的鸡冠花上。穿过侧房前的防空壕旁边，走到与厨房和浴场相邻的里院前，再向左一拐，有一片树林将里院隔开，这里是一片一百坪的小空地。父亲住在东京时，这里是养狗场，每天一早，不管晴天雨日，饲养员都端来满满一脸盆鸡头喂狗。父亲去大阪后，拆除犬舍改做花坛。犬粪肥地，就连难以着花的植物也都长得很旺盛。如今变成了菜园，由住在后面租房里的一对老用人夫妇管理。花园的遗迹只剩下角落里那间破败的大温室，玻璃几乎都没有损坏，冬天可以在那里晒太阳。我经常坐在一把令人怀念的破椅子上阅读冒险故事。不知何故，我觉得这对姊妹似乎到这里来了。我蹑手蹑脚走过去，想吓唬她们一下。一只肥硕的蟋蟀跳到我的膝盖上。虽然房门紧闭，但可以不经意地从细缝里窥探屋里的情景。春子对着玻璃屋顶坐在草丛里的椅子上，似乎正在阅读一本杂志。她身穿印着碎菊花的紫色和服，系着素色的丝绸腰带，和平时的春子判若两人。路子依然一身平常的西式套装，站在椅子后头，两手挽住姐姐双肩，看样子是在一同看杂志。然而，也许是在普照的阳光下的缘故，那姿态就像背着个溺死鬼。路子蓦地直起身子，两手仍旧挽着姐姐的脖子，稍稍从远处凝视着春子雪白而丰腴的颈项。她凝神注视了很久很久。不知不觉间，她的面颊至耳际渐渐泛起了红潮，随后又猛然将脸压在姐姐的脖颈上。然后如小狗钻进草窝之中，一边沉重地抽搐般地摇着头，一边用前额磨蹭春子的头发，用双颊磨蹭白皙的颈项和面庞。她那双微微张开睫毛的美丽的眼睛，这时眼角里似乎刻上了幸福的微笑。她又倏忽闭起眼睛，将嘴唇用力压在颈项的肌肤上。春子一动不动地任凭摆布，仿佛对这些毫无知觉。她低俯着那同样修长的眼睫。两个人纹丝不动，大约有半分多钟。少女只是将纤细的手指轻轻拢起，微妙地震颤着，抚摩着春子的肩膀。——又过了半分多钟，春子如猝然醒来一般，她闭着眼，仰起头，举起双手摸索到路子的脖颈，粗暴地将她的面孔搂到自己的眼前。路子一扭身，左手重重杵向春子的两膝之间。接着，她用左手迅猛地撩起姐姐的衣裾……

　　——看到这里，我差点儿疯了。我自己也不知道是从哪里、又是如何跑回家中的。我进入楼上的书斋，锁上几个月未曾锁过的门，一头栽到床上，好一阵子直喘粗气。我闷在屋里不吃不喝，一直到天亮有人来敲门为止。

　　那对姊妹似乎回去了，从此后久久断了音信。

54

五

　　可是，我的情绪并未因此而了结。我还不熟悉路子的身子。"不是这个，不是这个身子。"一度使我大叫起来的那副身子，不是依然为路子所有吗？不安和危惧至今还留在我的手上。对于此种不安和危惧的好奇心，甚至对于破处的强烈的好奇心，依然是归我所有。这个且不说，那座温室中的春子和路子是多么美丽、多么柔情啊！那情景屡屡威胁着我的夜晚。

　　结论尚未决定。我忍了又忍，三个星期无声无息，几乎使我憋闷至死。终于，我来到佐佐木家。这天一大早拉响了两次警报，天气阴霾，寒冷刺骨。可是一坐上郊外电车，摇摇晃晃抵达了外公家，我就好像沐浴着温馨的小阳春天气，阳光灿烂，薄冰骤解。——听说春子刚刚遛狗回来，她坐在廊缘上织毛衣。夏尔克号依然陶醉于散步的兴奋中，嘴里咬着拾来的木片，转眼抛出去，又远远嚎叫着去捕捉，腰骨像体育选手一样柔软、灵活。

　　"哎呀，来稀客啦！"——春子说着也不脸红。她织到一半，用两根手指迅速数数网眼儿，随即离开坐垫，一边将双脚垂下廊缘，一边劝我也坐在那只扎染坐垫上。调皮的夏尔克号悄悄咬住春子袜内的脚趾头。几个月来的相处，在这个家庭成员中，这只狗的心和春子的心，将一个女人和一只狗散步时的孤独，反衬得多么清晰！狗只对孤独的人献出真心——我又陷入感伤和优柔的情绪之中了。我觉得春子似乎有所期待，我甚至感到春子今夜很想叫我住下来。

看来，春子似乎察觉到了什么，她的眉宇间流露着忍耐时的一丝险峻，然而又倏忽转化为有气无力的干涩的微笑。"今晚上，你去路子那儿吧。我本来约好八点去的，那就请你代劳吧。"她若无其事地说道。我发现她眼里闪耀着过去那种奇异的光辉。她对我发号施令，仿佛她的过去就是我的过去一般。她今天不是又想成为地地道道的"新闻女人"吗？她本人想把那桩已经了结的事件的意义，再度转化为她的人生的意义——春子索要我的笔记本，画上路子住宅路线图，这时我朦胧地追索着这样的思路。我扪心自问：今晚上我真的想去路子那儿吗？我的心只用诡秘的眼神瞅着我，不肯回答。

黑暗的电车里，晃动着斑驳的黑暗的脸孔。转弯抹角换了两次都电①，在一座桥的岸边一下车，就听到初冬时节流动的河水清脆的声响。因为夜间没有空袭，可以专心地遥望灿烂、美丽的星空。沿河房舍之间逼仄的小路，一侧是神社的树林，随处都是挖掘防空壕堆积成的泥土，所以步行非常不便。不一会儿，我就看到了用大青石砌成方格花纹的公寓的墙壁。

这是面对河岸的二楼的一间房子，房门是低劣的三合板，开关很不灵便。当我犯起犹豫要不要敲门时，一股弹力"啪"地将门打开，房门发出可怕的吱吱嘎嘎的响声。进入门内，里面垂挂着厚厚

---

① 东京都经营的电车。

56

的遮光窗帘，彼此的脸孔埋在黑暗之中，几乎看不见。

"是宏哥儿吧？"——黑暗中听到一个异常沉着的声音。"嗯。""是姐姐让你来的？""嗯。""是吗？那很好。"过去我没有用"嗯"回答过路子，但这种应酬过于神秘，不便采取别的回答方式。我一切听从她的摆布。路子悄悄转到我身后，帮我脱掉夹层外套。从她那熟练的动作上，我联想到她在这个房间里，曾经给多少男人脱去外套啊！

掀开遮光窗帘一走进去，就可以知道遮光效果非常好，六铺席大的室内异样明亮。她穿着彩虹般花纹的、稍嫌短小的锦缎和服，套着外褂，系着土黄色的整幅宽腰带。

这是个神秘的房间，什么都是两两成对的，就连壁橱也不例外。而且，所有的家什摆设和坐垫，都有一种可厌的打破色彩均衡的调子。倘若是无意识的恶趣尚可有救，但这里的东西充满了强烈的恶趣——好比一个极富鉴赏力的人故意搜集一些专门违背自己高尚情趣、充满偏执之物的恶趣。不是为了美，而是为了某种目的，似乎是遵照一种非美而具有新的诱惑的基准挑选来的。既非白粉之香也非马厩之臭，而是散发着那种印泥般的恶德的气味。路子沉静地时而去烧茶，时而拿出柿饼来，不住地忙碌着，动作沉静而带有一定规律。拿出来的茶碗、碟子等，印着廉价的花纹，使人觉得不是五件一套，而是两两一组买来的。两人几乎还没有正式说上一句话，路子依旧不声不响干活儿，洗好的盘碗在沥水，接着又打开壁橱，慢慢悠悠地一一拿出褥子，铺在我的身边。原色的仿造友禅织的盖被也使人悚然一惊。"怎么，就一张床铺？""一直是这样啊，我和姐姐睡在一块儿。"她像小鸟一样厚颜无耻。

她拿着睡衣进入遮光窗帘后面，又随即扔过来一件。"换上吧。"——这是一件软软的白纱布上染着藤花的女睡衣，感觉滑腻腻的，拿在手里似乎随时都会逃脱，含蕴着人的肌体的温馨。我不愿在路子面前换衣服，所以连忙脱光身子，将那件软绵绵的睡衣套在身上。路子从遮光窗帘后头出来，也是一身令人生畏的藤花浴衣。换上浴衣骤然快活起来的她，端来威士忌放在矮桌上，曲着两只手臂。

　　"我什么都知道，你和姐姐的事全清楚。哎。"她指着门框上死去的哥哥的照片，说，"哥哥的所作所为我也全知道，但我决不会违反姐姐的意愿行事的。姐姐叫我干什么我就干什么。今后也是，只要姐姐一声吩咐，我什么都干。你的事也是姐姐的命令，是她叫我喜欢你的。"我没有回答。"哦，窗外有奇怪的声响。""是河水的声音，河里流淌着各种东西。"

　　我穿着相同花色的女浴衣，和路子相向而坐。其间，我感到体内涌动着一种无所畏惧的女性般无耻的温情。——路子揭开镜子上的碎白花扎染盖布，坐在镜台前，将各种小瓶小罐——打开。"我呀，睡觉前特别爱化妆。我想把电灯光下的自己打扮得更漂亮些。我和姐姐两人，临睡前总喜欢玩化妆游戏哩。来，你也来化化看。""好的，我去。"

　　我站起身子，衣裾下垂，差点儿绊倒了。

　　镜子前摆着一对花瓶。那是上回在银座买的一对淡红色的花瓶，上面用鲜艳的红色胡乱写着春子的名字，那一定是路子无聊时用口红写的。但是路子对此绝口不提，似乎突然想起了什么。

　　"搽搽口红吧。"

“给我吗？”

“哎呀，除了你还有谁？”——是的，除了我没有任何人。然而，真的没有别人了吗？

我像孩子一样跪下来，闭起眼睛仰着头等着。我感觉路子调整了一下姿势，随即将那我时常闻惯了的散发着香气的热腕静静搂在我的脖子上。她跪着的两膝很不稳定，时时轻轻地摇晃。我知道她右手举着口红，她的气息和我的气息化为一体。她那燃烧似的脸庞，就像一朵看不见的大玫瑰花在我面前闪动。

于是，我猛地感到一阵疼痛。说疼痛也许是错觉，我的嘴唇承受着慵懒而凝重的力量，被温热紧紧地吸引住了。我的嘴唇打皱了，麻痹了，显露出危险的神色，抑或连神仙也不敢正视。我开始做梦了。

就这样，我感觉另一个嘴唇附着在我的嘴唇上了。

昭和二十二年十二月《人间》

马戏团

团长靠在椅子上，一只手夹着雪茄烟，一只手用鞭梢在空中描画着圆圈、三角形和四角形，闷声不响。

这时是他发怒的时候。据说他是个刻薄的人，残忍的人。至于他是如何强烈爱护那些在他残忍之下坚强活过来的人们，知道的人就很少了。他叫哪个团员死，不管谁都得立即去死。马戏团天幕的最高处，飘扬着他那绘有红色髑髅的旗帜。

他过去本来是一名被派遣到大兴安岭的侦探的随从。三个青年侦探踏入R人女间谍家里，地雷爆炸了，三个青年和女间谍都被炸死了。然而，女间谍的裙子一角和一个年轻侦探的帽子，在百米以外的罂粟花田里被找到了。当时，十八岁的团长管死去的青年叫"先生"。他戴着遗留下来的帽子，哭哭啼啼回到了日本。

正因为有一副善良的心肠，即便对于他人冷酷的行为也会以诚实待之。诚实是磨练出来的，时常被误以为是虚伪。

由于对人心投其所好，他成了富裕的大人物。他是精神的投机者。再也找不到比他更适合担当马戏团团长的人了。

——两个月前，他去探望地方上的老板，夜里很晚才回来。他揭开自己的天幕走进去一看，一对少男少女正在幽会。团长不声不响揪住两人的腕子，仔细端详着。他不认识他们。

一阵口哨声，P出现了。他把两人从团长手里领过来。

"哪个部门的，什么人？"

"团长，是大道具组的。"

"胆子好大啊。"

团长高兴地打了个哈欠。

"等一下。"他叫住了P。

他抓起少年的手掌仔细瞧了一会儿。

"你骑过马？"

"嗯。"

"干什么的？"

"当马丁，在帝国乘马场。"

"嘿嘿……喂，P公，给小妖精灌三升醋，将那小子一整天绑在克莱塔号上。"

从未有人能驯服过这匹悍马克莱塔号。昨天，一位女骑手摔断了脖颈，就像一个陶瓷人从马背上倒下来。

每天演出只要大获成功，心腹P都会到团长那里喝酒庆祝一番。他告诉团长，那位小伙子和小妖精似乎可以派大用场了。他设计的节目是：少女走钢丝一脚踏空，这时站在马背上的少年策马跑到钢丝下面，一把抱住少女的身子，在舞台兜上一圈。P说这个节目一定会大获成功。鉴于那少年生得一表人才，P提议给他起个诨号叫"王子"，以博得观众的喝彩。团长点头应允，随将一枚漂亮的大金币交到P手中。

半月之后，两人登上了舞台。

一个月光景，他俩都受到了观众的欢迎。

团体观众法语学校的小学生们兴奋异常，向他们两个扔奶糖。他们小口袋里溶化的奶糖像果实一样坠在少女的头发上，因而那头发像狮子一样沉重。她犹如一名亚马逊女兵①，平添一副飒爽的英姿。团长非常疼爱他们两人。但是，对于新手的管束并没有松弛。他认为，这种管束越是严厉，就会使得他们的生存方式越发充满马戏人的危机，以及得过且过和自暴自弃的浓厚阴翳。

——向观众致辞，退场之后，团长照例回到幕后观看演出。

香烟的烟雾和人体的体温，使得场内弥漫着金色的雾霭。数千名观众庄严地看着舞台。所有这一切的上面，是污秽而黑暗的广大空间。那里是马戏团演员们的宇宙，他们在这个空间的任何地方，都能立即用自己的身子架起一座光明灿烂的星座。从天幕吹来的风，使这个空间时而飘飘扬扬，膨胀地游动着，黑洞洞的。用银纸和五彩洋铁片装扮的男女犹如深海鱼，时时从高处来到这个空间。这时候，从深海模糊一片的集群里，总会腾起一阵震耳欲聋的欢呼声。

在这个高旷的场所，奇妙的节度和礼让演绎着一个个奇迹。衣着半裸的男人和女人，一瞬之间如神仙一样美丽地拼合在一起。之后，一个黑暗而长大的秋千架，怠惰地运送着高渺而沉滞的时间，不停地摇荡——直到永远。

透过天幕最高处的破洞，应该能窥见大海，却没有人看过。虽然无人见过，然而月夜里，海的表面像青花鱼一般闪耀着蓝色的光

---

① 希腊神话中居于小亚细亚东北部的女兵。据说她们割去右乳，以便战斗或狩猎时使用弓弩。

芒。月光时时由破洞漏泄下来。礼拜日夜晚演出之际，高高飞来的女人那裹在针织毛衣里的胸脯，也透着白皙的光亮。

乐队突然奏出高亢的军号。

眼下，少男少女走上舞台。

少女穿着好几件华丽的抽纱裙子，光裸的足尖套着银色的舞鞋，持续放射着危险的美丽的光亮。少年一身王子打扮，披着一件嵌满星星形状小镜子的紫色天鹅绒斗篷。甲胄般银丝织成的轻装，胸前显露出绯红色百合花的图案。

两人手拉手跑出来，以无言的姿态向观众优雅地行了礼。

观众疯狂地大声喊叫，喝彩。团长发现观众们的眼睛被人特有的温馨的热泪濡湿了。

P耸耸穿着黄黑花纹夹克的肩膀，得意地捅了捅团长的脊背。

团长没有回应，他也和观众一样，脸上浮现着茫然若失的表情，半张着嘴巴。他的双目潮润润的，充满了人瞧着人的那种亲切之情。

听到两人出奔时，团长如利箭穿心，悲愤异常。他暗暗祈望着这样的光景——那根钢丝突然断了，少女跌落在地板上，那少年一把没有抓住而失身落马，又被克莱塔号的马蹄子踢了一下——团长用至大的爱所描画的幻影没有实现。团长靠在椅子上思考着不幸、运命和爱情。他的嘴唇因愤怒而颤动。

他扔掉雪茄，扔掉皮鞭。

他走出天幕，中东式的月亮从荒凉的空地和散在的垃圾堆，以及黑暗天幕下的村落之间升上了天空。狮子高昂的咆哮犹如夜空里

66

飞扬的火把隐隐传响。东方，港口的海面将沐浴着月色的浓密的反照投向星空。看上去马戏团的巨大天幕布满了轰轰隆隆的暗夜，倾斜地站立着。

这时，三个人影通过大门向团长身边走来。中间的高个子男人是P，他紧紧揪住少男少女的胳膊，生怕他们逃跑。

"我把两个私奔者抓回来啦。"

"你辛苦啦，辛苦啦。"

"他们住在海港附近的一家客栈，可又付不起房费，想远走高飞，但又没钱买火车票。我一直在盯着他们呢。"

"唔，你辛苦啦，辛苦啦。"

团长用无比憎恶的眼神注视着这年少的叛徒、胆小鬼和逃犯，他们就像晒太阳的狗一样，为了祈求怜悯的幸福而私奔。然而，他从那里没有发现胆怯和卑屈的表情。相反，他看到一个地道的流窜的王子的面影。

绯红的面颊、干裂的嘴唇、枯草般的头发、旧布巾似的褪色领带，奇妙地衬托出沉静而英俊的前额。他的眼睛闪耀着团长所不曾知晓的——这也难怪，因为马戏团团长不至于逃跑——种种逃亡的记忆的光辉。在团长看来，逃亡似乎是未知中的颇为高贵的行为，他的嗓门由嫉妒而变成阴暗的低音。

"这次就饶了你们。回去好好想想，下次再逃那就没有命啦！P公，给他们处罚，各抽七八鞭子。啊，还有，P公，我有话对你说，回头到我的帐篷来一下。"

仅仅休场两天之后，明星重新登台了。

场内观众爆满，支撑天幕的十二根大铁柱子像桅杆一样摇摇晃晃。

仿佛是来自地府的集群，观众们的身子一动不动。鸦雀无声。但是，一个节目完了，场内便像解除咒符一般喧腾起来。

王子和少女一如既往，以无言的姿势向观众行礼，左右分开。少女登上软梯。少年跳上克莱塔号马背。

克莱塔号兴奋地站立起来，犹如燃烧的火焰，这一点尤为观众所赞赏。大家期待着，今日的表演会比平时更加精彩动人。

事情总是按照完善的秩序进行，比起日常生活更加完善。从克莱塔号的狂奔里，人们只是看到了秩序的某种强度的表现。

少女开始走钢丝。

钢丝下面，像往常一样站在马背上的少年，突然拉紧缰绳制止住奔马。此时，克莱塔号一下子失去了方向。它冷不防被缰绳一拽，立即抖动着鬣鬃，打着响鼻，一跃而起。

一刹那，人们从后腿直立的奔马的姿势里，发现了运命周围必不可少的某种装饰华丽的静寂。这是出现在守望着任何悲酸事件的镜子周围、巧夺天工而制作的古代威尼斯浮雕般的静寂。

王子横躺在沙子上，摔断了颈骨。

乐队突然停止。

观众一齐站起，潮水般涌向舞台。

没有一个人注意她，那个在大天幕下高高晃动的钢丝上的少女。

她很明白。从没有一颗星星的黑暗的天空，透过香烟烟雾和人们的呼吸，她清楚地看到了事情的全过程。与其说看到，不如说知道更准确。因为她只要向下一看，脚就不得不滑脱下来。她那小巧的银色舞鞋危险的闪光，要是能再宽阔一点儿，她就能轻而易举逃脱这危险的作业，跌落在少年的身体上。

然而，少女一边微妙地抖动着短小的纱裙，一边暂时忍耐着痛苦的生的均衡。

她终于走完了。而且，这是她首次完成全程的走钢丝的表演。喧呼嚷叫、乱成一团的群众，没有看到她最初、最圆满的演技。团长一人从幕后走出来，没有人在意他是团长，只有他一人从拥挤的人流里，认真地翘首仰望着少女完美无缺的走钢丝表演。

少女站在钢丝一端的踏板上，她看到刚刚走过的钢丝在黑暗里摇摆不停。这时，下面的群众围成的圆圈的中央，少年胸间她所熟悉的红色的百合图案倏忽一闪，映射着她的眼眸。

少女从踏板上跷起穿着小小银色舞鞋的一只脚，宛若即将进入游泳池的一刹那，伸向昏暗而嘈杂的空间。接着，另一只脚也要与这只脚并拢似的，跟着伸了过来。

——毫无觉察的群众的头顶上，一大束玫瑰花跌落下来了。

马戏团全体人员度过了葬礼般极其悲伤的夜晚。天亮之后，P带着一副大功告成的神情走进团长的帐篷。团长刚好洗漱完毕，P附在他湿漉漉的耳朵边急匆匆说道：

"警察那里也万无一失地应付过去了。我在'王子'的鞋底下涂了油，同时又给克莱塔号注射了兴奋剂。"

——团长痛苦的脸上掩饰不住快意的神色，他从口袋里倒出了一堆金币，压得P的手掌难以承受。

他拍了拍空空的口袋，说道：

"你是个万分叫人瞧不起的家伙，干了件出色的工作，却因拿了一笔钱，使得这项工作变得极其卑微。"

P讨好地陪着笑。对于这种卑屈的笑脸，团长的表情里也浮现出从未有过的充满苦涩的共鸣。P没有注意到这一点。

"总之，马戏团完蛋啦。"团长说，"我也可以从马戏团里摆脱出来了。如今，'王子'死啦。"

——此刻，天幕外边响起了马蹄声。

P打开窗户。

朝阳下，一匹斑马拉着货车通过，车上堆着两具粗劣的灵柩，上面胡乱地写着王子和少女两人的名字。后面跟着而来的是女驯兽师、丑角演员和荡秋千者的队列。

团长伸手从口袋里掏出一束扎着玄色细丝带的紫堇花，憋足气力投向两人的灵柩，就像过去那些狂热的小学生，将溶化的奶糖投在少女的头发上一样。

昭和二十三年一月《进路》

翅　膀

戈蒂埃①风格的故事

两个人常在外婆家里见面。叶子已经养成了习惯，她每周要去外婆那里一趟，送些自制的点心和好吃的东西。还有，这位外婆也有个习惯，每天要睡四个小时的午觉。

　　外婆家只有一个傻乎乎的女佣阿铁。因为阿铁傻，外婆经常取笑地喊她"傻丫头，快端茶来"或"傻大姐，客人要回去啦"。

　　每逢星期六，叶子急匆匆回到家里，就带着母亲制作的点心和食物，在外婆睡醒前一小时，像那位戴着小红帽的少女①一样，赶往外婆的住地。

　　外婆家位于可以俯视多摩川的高台的半腰上。房子只有五间，但庭院宽阔。院子一角的假山上有一座凉亭，那里连着两条路，一条通向院中泉水上的石桥；一条通向院子边上的角门。为了不遮挡河面上的景色，假山紧靠着庭院的一边。山上长满了树木，只要不是冬枯季节，从堂屋只能看到凉亭的一角屋脊。

　　碰到晴天，叶子把带来的东西交给阿铁后，就走到院子里，登上凉亭，再走一段下坡路，打开角门等着。杉男放学回来，算准时间也来到这里。然后，两人沿着多摩川散步，或者直接到凉亭里来说话。两个人很喜欢凉亭，这里景致好，又有一种怕被家人看到的危险的快感，碰到高兴还可以亲亲嘴儿。

杉男是叶子大舅父的儿子，也就是表哥。换句话说，他生来就被置于恋人和哥哥二者兼得的位置。

两个人在很多方面都很相像，经常被人误认为同胞兄妹。所谓相似，是一种甘美的东西。只要相似，在两两相似之中，就会存在着无言的谅解，不必说出口的心灵的沟通，以及静默的信赖。相似，尤其像澄澈的眼睛，这双眼睛就像过滤机定能将浑浊不洁的水过滤成清净的饮用水一样，对笼罩在这里的现世的污浊不断加以过滤。不仅如此，这台过滤机即使面对外部，也能提供净化的清水。两人眼里流出的水润泽世界的日子，人世的污浊必将涤荡尽净。

一天早晨，杉男和叶子发现他们在拥挤的电车里背靠背站在一起，当时正在上学的路上。虽然平时不可能见面，但杉男刚巧住在别的亲戚家，便从那里直接上学校，所以两人不约而同登上了同一节车厢。这是秋令的一日，空气里飘溢着菊花的香气。

杉男和叶子脊背双双感受到温暖，不知为何，他们都未能觉察出人的肌肉的温馨味。两人都以为自己的背部晒着太阳吧。那是一种从远方传来的一条清莹的光线散发的暖意。因而，他们都没有想起来互相看看对方的脸孔。但是，叶子却感觉到对方穿着黑色哔叽制服的宽阔的脊背；杉男也感到对方穿着水兵服的柔软而娇小的脊背。这期间，两人被电车中众多的乘客挤来挤去。除了这股力量，他们切实体验到各自肩头另一股鲜活的力量在相互运动。两人都在想，这不就是翅膀吗？他们感到那双收起来的隐藏的翅膀一直屏住

---

① 典出格林童话《小红帽》。

了呼吸。这是因为，两人都由时时相互碰撞的脊背上，感受到一种过于敏感的强烈的羞耻。如果隐藏了翅膀，这种羞耻感是合乎情理的。如今，隐藏如此崇高的东西，足以使我们羞愧难当。

两人都不好意思地微笑了，那双翅膀使脊背有一种痒抓抓的感觉，他们这才转身对望了一下。"是叶子！"杉男睁大眼睛喊着。"好久没见啦！"叶子说。

当天，这对表兄妹都懒得上学，于是商量着一道去看电影。但是，为了给这次邂逅留下点儿真正的意义，杉男倾向还是去学校为好，叶子也答应了。到了换乘站，杉男刚要下车，叶子走到空荡荡的电车门附近，她唯恐被隔断在电车上，赶在关门之前慌慌张张握住了杉男的手。

这天，叶子在英语课上遇到很有意思的　篇文章，一篇简短的威廉·布莱克①评传。开头的一段时时触动着叶子的心弦。

"小时候，布莱克一人到野外玩耍，看到一棵大树顶上一群天使抖动着翅膀。他跑回家告诉母亲，母亲不相信，反而叱骂小布莱克太愚痴，把他打了一顿。"

叶子一边听老师讲解，一边反复阅读开头这一段。她认真地进行推理：

"看到天使时，即便是年幼的布莱克也一定半信半疑。"她想，"布莱克相信是真的，当从挨打时开始。他被母亲打骂、处罚，这是真正使他相信的必要条件。老师耻笑布莱克的母亲是错误的。这位母亲只是忠实于自己的职责罢了。"

---

① William Blake（1757—1827），英国诗人、画家，代表作有诗集《天真之歌》，散文《天堂和地狱的婚姻》等。亦为但丁《神曲》和《圣经》创作铜版插图画。

这一番推理闪现着erotic①的影子。少女所希望的，是怎样的一种处罚呢？

同一时间，杉男坐在教室里，他没有听讲课，只是一心想着，多年不见的表妹已经长大了。他的注意力集中在叶子的翅膀上，总是围绕着一种毫无根由的疑问打转转：她不是有一双翅膀吗？杉男很想看看这双翅膀，打那以后，这种想法一直萦绕在他的脑里。虽然从结果来说，他看到的是叶子的裸体，但是杉男想看翅膀，不想看裸体。

"她肯定有翅膀。"他想，"这翅膀随年龄而生长，家里人也不知道。到了自己能单独入浴的年纪，翅膀也随之长大了。没错，一定是这样。否则，这种秘密想隐瞒也隐瞒不住，那些多嘴多舌的亲戚，总会有人对我说出这个秘密来的。"

杉男动辄就梦见叶子的翅膀。微暗之中，裸体少女凭窗望着对面，雪白的羽翼从肩头如外套一般遮蔽着身子。杉男走过去，那少女虽然面向窗外，但依然张开巨大的翅膀将他抱住，然后再合上羽翼。杉男痛苦地喊叫一声，从梦中醒来。但他做梦也不会想到，叶子心中也在暗暗相信他的脊背也长着一双翅膀。

明年夏天，总有机会同叶子一块儿洗海水浴吧？到时候就能从她裸露的双肩确认有没有萌生翅膀之类的东西。自己总可以用手触摸一下吧？他想。可才是秋天，当前这种秘密的愿望一时难以实现。杉男还有一种恐惧，要是从叶子身上看不到翅膀的鳞片，失望之余他会不会不再爱她了呢？

于是，他们两人每次相逢之后，从不表明自己孩子般的幻想、愿

① 英文，色情的，富于色欲的。

望和恐惧。一旦坦露自己确信对方长着翅膀的这一奇特心理，那准会遭到对方的耻笑和蔑视。这么说来，如何才能使对方相信这种幻想的缘由呢？何况，这种明明白白的缘由，就连自己也很难相信……这对表兄妹各自窥视着对方的眼睛。两个人清澈、美丽的眸子里，似乎有一条微细的小路蜿蜒而去，消隐于一望无际的原野的彼方。

叶子打开角门站在路旁。这时是昭和十八年初夏。这一带比起东京都中心来，遭受空袭的危险要小一些。建筑物没有被毁，居民们也不急于疏散。挖防空壕一半是为了好玩。叶子外婆家里假山一侧，也挖了一个坚固的横穴壕，结果成了街坊邻里羡慕和嘲笑的话题。这是因为，看见这种安全壕，反而引起一种不安。甚至有人不怀好意，说什么"你家老太太造了个骨灰堂"，这就越发使人不安起来。

叶子站在角门前边，短袖哔叽制服搭配线条笔挺的裙子。她讨厌穿长裤，胸前雪白的丝带，羞惭惭兜满了微风，她那裸露的皓腕总被误认为是白丝带的闪光。夏天里，那腕子依然洁白似残雪。

不一会儿，身穿打着绑腿裤子和白衬衫的杉男，臂弯里搭着作业服，从坡道上跑下来。两人高高兴兴，伸出汗津津的手掌握着。

这个时节，凉亭周围都是盛开的杜鹃花，有白的，有洋红的，还有杂色的。寂静无声的凉亭的石板小径，清晰地映着杜鹃矮矮的影像，只有蜂虻的羽音，听起来犹如午后睡眠的鼻息。身处其间，很难想到眼下正是战争最激烈的时期。

他俩并肩坐在船板做成的长椅上，透过五月午后银白的阳光，眺望着远方的河滩。钓丝在空气中翻然一闪，瞬间里倏忽消失。

"看到鱼了吗？"杉男问。

"没看到。"

"我也没看到。只看到那个像牛虻一样的东西，那是浮子，没错。"

接着，他俩想象着没有钓到鱼的渔夫的神色，全都笑了。笑完后只留下像玻璃一般易碎的沉默。他们知道，这沉默意味着什么。

远方广阔的风景背后，云彩像鸢尾花时而飞卷，时而散开。空中游览车从对岸的绿色上探出头来，黄色的椅子仿佛等待着自天而降的客人，奇妙地悬挂在高空。战争越来越激烈了，远处的游乐场上的各种机器，因控制用电，大都停止了运转。天朗气清，碧空无限。东京的天空如此蔚蓝，星夜如此澄明，固然是生产不景气、都市煤烟减少的原因。但不仅如此，战争末期自然之美里，目不可见的死者精灵不是也在起作用吗？自然因有死者作为肥料而增添美丽。战争末期的天空如此清澄无比，墓地的绿色格外鲜润，两者不是出于同样的道理吗？

两人看到的风景里确实笼罩着死的光辉。即便是河滩上一块块石头的影子也一样。这对年轻的表兄妹，翅膀挨着翅膀互相倾听飞动的声音，这种来自对方胸中的鸣响具有同一种音调，同一种节拍。在他们两人之间，仿佛这块土地上只生存着一种生物。

这个时候，两人考虑的虽然是同一件事，但到底没有说出口来，所以两人都无法知道。杉男这样想："这人一定长着翅膀，如今正要飞翔。对于这一点，我知道得很清楚。"——叶子这样想："这人一定长着翅膀。如今，这人猛然回头时，那双眼睛不是在警惕来人，那样子就像小学生回望背上的书包，用眼睛打量一下背上那熟悉的翅膀。这些我都注意到了。"

她心里确实有着这些想法，这使她半喜半忧。就是说，有了这双翅膀，他可以在爱的自在的力量鼓舞下，飞向无限风景的每个角落——就像从这里到远方对岸的河滩。两人随时都能飞翔而去，到那时，长翅膀一事反而能给这一幻想增添现实的色彩。然而，互相相信对方长着翅膀的两个人，对于抛下自己而远走高飞的恋人，都有一种无可名状的空虚感。总有一天，可爱的人儿会飞离自己的身旁，这几乎是确定无疑的事。

"我下周不在东京了。"杉男说。

"为什么？"

"到M市参加义务劳动。"

"是工厂吗？"

"制造飞机。"

叶子想象着他正在制造许多翅膀，也许他必须给员工们提供样品吧。要是这样，他可以把自己肩上一双洁白、闪光的巨大翅膀给他们瞧瞧。接着也许要进行性能试验吧，要是这样，他可以飞给他们看看，或者一时停在空中。还要绘制设计图，就像做衣服量尺寸，他的翅膀也要量量尺寸吧。但是，没有人能制造出完美的翅膀，就像天然的翅膀一样。他会遭到嫉妒吧。他会被迫再飞一次吧。飞。一旦飞起来，枪口就对准了他的羽翼。翅膀上血迹斑斑，他的身子垂直落在地上，犹如被击中的鸟儿，疯狂地扇动着羽翅，随即栽倒在地面上了。他死了……就像死去的小鸟，带着一副呆滞的、不能闪动的眼神。

叶子怀着不安制止杉男，她明明知道是制止不了的。她担心地问杉男，下次何时还能再见呢？杉男回答她，给她以鼓励，他说每月一次的休假，虽然时间短暂，也还是可以见面的。

实际上，杉男当初的希望未能实现，他心中的遗憾并不亚于别离的悲痛。夏天尚未到来。从目前的战况看，就连在夏天洗一天的海水浴都很难保证。两人踌躇不定的关系，使得杉男一直没有机会检验一下叶子的翅膀是否存在。

叶子看到杉男犹豫不决、欲言又止的样子，她犯起了猜疑。要么他想谈起别的女人；要么有什么难为情的事想对叶子坦白，二者必居其一。对于这位天真无邪的少女来说，不管哪一件都不是愉快的事。少女满心嗔怒，她顽固地沉默不语。

杉男说出的事使她觉得意外。

他就像脚尖踢着石子在说话，一副漫不经心的语调：

"今天去看看祖母吧，每次来都有些不好意思，所以一直没有见面。我觉得我可能暂时见不到祖母了。"

"好啊。"少女的心情稍好了些，"我可以对外婆说，路上偶然碰到你，就约你一道来了，她肯定会高兴的。"

两人回头望着外婆的家，烟囱里升起了炊烟，阿铁在烧洗澡水。外婆的习惯是每隔一天睡完午觉就去入浴。不知道杉男的提议和升上蓝天的薄薄的炊烟，是否有什么关联。

外婆正巧从午睡中醒来，枕头边反扣着一本镜花①的初版小说，雕版印着一大朵芙蓉，装帧精美。外婆披着蓝印花外套，坐在

---

① 泉镜花（1873—1939），日本小说家，原名镜太郎，师事尾崎红叶，作品有小说《高野圣》、《歌行灯》和《妇系图》等。

被窝里和他们两人见面。身边的经文桌上放着铁盔和防空巾。如果半夜发警报，就立即戴上防空巾和铁盔，钻进被窝收听广播。

"杉男这孩子好久没见了，这会儿都长成大小伙子啦。可虽说很棒，到底赶不上死去的爷爷啊。你呀，只能说还过得去。叶子也一样，十里挑一，这也就不错啦。要是拔头筹反而不好。两人都是吉人天相，是一对小狂人儿。"

外婆同他们开玩笑，自己也笑了。

两人互相对望了一下，这时外婆盯着杉男和叶子的眼神，似乎有所觉察，她说：

"哎呀哎呀，你们瞒着奶奶好上了吧？你们是表兄妹，可不能这么随随便便的。不要这样。杉男竟然喜欢上我这个外孙女，真叫人吃惊。你呀，应该找个像奶奶我这样的美人儿。不过，全日本很难有第二个啊。"

一阵急风暴雨式的玩笑说得杉男真想抱头鼠窜，叶子切开带来的果仁蛋糕，这才把他挽留住了。正当不便马上走脱时，阿铁来报告说洗澡水烧好了。

外婆先入浴，接着是杉男，最后是叶子。叶子本不打算洗澡，因为杉男洗了，她也学着他。女孩儿每到这时候，总是不忘模仿自己喜欢的人。模仿是爱的形式，在这一点上，和中年女子爱的方式尤其有着显著的差异。

叶子和杉男颇不自然地在浴场门前交肩而过。杉男坐在浴场前的小客厅的廊缘上，仰望着傍晚暮色渐渐变浓的天空，那里震响着侦察机小编队归来的轰鸣。

眼下，叶子肯定脱掉短袖水兵服，对着镜子照看比洁白的素腕更加洁白的地方。此时，那双翅膀也肯定被水雾濡湿，看起来像涂了一层光艳的白漆。她肯定羞涩地收束着羽翅，跪到桧木垫子上了。要是杉男突然来到面前，她一定羞怯难当，连那翅膀尖儿都要染上曙色了吧？

杉男觉得，要看叶子的翅膀，一生中如今就是最后的机会了。他为此焦躁不安，站起身来走到浴场门前。在那里青年又犯起了踌躇，只好在走廊上游移徘徊，为自己缺乏勇气而叹息不止。

毛玻璃因蒙上水汽而渐渐现出了乳白色，这颜色可以说就像晨光里的湖面，他听到里头传来水波舐岸的声响。不一会儿，少女从浴槽里出来，半透明的玻璃门上映着被自己的金色模糊了的裸体的轮廓。她似乎浑然不觉，一味快活地晃动着身子，揩拭着肌肤。杉男一直凝望着那小巧的肩膀的动作，朦胧的水雾使得那轮廓依稀难辨。白雾似的东西、梦幻中翅膀似的东西，悬挂在她那稚嫩的双肩一带。杉男确信自己看见了那双翅膀。

……此后将近一年，杉男一直没有获得一见叶子翅膀的机会。再说，见面的机会也不很多。然而，相爱的两个人信来信往，从未间断。这对表兄妹决心一生相爱，白头偕老。老实说，他们只顾宣誓，如果用他们无垢的誓言埋葬这个不安的世界和广阔的时间，那么就像用灰浆将一块块砖瓦固定在一起，总有一天会变成适于居住的坚固的房屋。他俩没有别的力量，面对所有的不安只能投以语言。就像即将灭亡的蛮人投以咒语，他们只能相信这种一无用处的誓言的咒力。

翌年三月，叶子在一次空袭中死去。她所在的学校为了一项拥军任务，让学生们赶往东京都中心的一座大厦，她在路上被炸弹炸死了。

　　叶子和三个同学像往常一样，穿着笔挺的水兵服，走出都心附近的车站，这时突然罕见地响起警报来，三个同学立即就近跳进壕沟，叶子不知为何迟疑着晚了一步。同学们透过震耳的响声呼喊叶子的名字，好容易出现了她的姿影，这时她正穿过空无一人的马路径直跳向一条壕沟，结果受到了身后二十米处炸弹爆炸的冲击。

　　叶子的头被炸掉了，这位无头少女跪在地面上，一种奇怪的力量支撑着她，竟然没有倒下，仅仅摆动了几次洁白的手臂，宛如上下剧烈地扇动着翅膀……

　　听到这个消息，杉男悲痛不已。他等待战争杀死自己。但是，他至今还活着，就像大家也都活着一样。他大学毕业了，如今是一家资本雄厚的贸易公司的职员。

　　杉男做梦都不知道叶子相信他身上也长着翅膀。对于叶子的翅膀，他是信以为真的，叶子的死证明了这一点。

　　一天早晨，杉男下了自家门前的陡坡，天气温暖如春，他朝着电车来来往往的大街一路走去，途中感到有人将手搭在他的肩膀上，回头一看，没有一个人。他摸摸自己的肩膀，什么东西也没有。然而打这时候起，肩头感到异样沉重。他奇怪地摇摇肩膀，又迈开脚步。

　　他第一次感到自己身上也长了翅膀。尽管如此，他并不在乎这双翅膀，就像不在乎另一个繁忙的人。因而，这位忠实、勤劳、不爱说话的青年，一面为异样的肩疼而苦恼；一面又背负着这双毫无用处的巨大翅膀上班下班。他徒然地忙碌着，然而他自己却茫然不知，只是每天拖着这双翅膀而去，又拖着翅膀而归。因为从来不用刷子，所以这双翅膀犹如剥制的毛皮污秽不堪。

携之而去又携之而回。杉男从不看那强迫他做出这种无用的、满怀渴求的努力的一种影像。只要没有这双翅膀，他的人生也许至少减轻七成。翅膀是不适于在地上行走的。

春天来了。昨日，他脱去了外套。

然而，外套脱去了，沉淀于肩头的疼痛还是没有痊愈。

事实上，这双可怒而不可视的翅膀，就像老鹰站在肩头，庄严地凝视着他的侧影。

——杉男并不知道这双翅膀会无言地妨碍自己立身处世，没有人教给他摆脱的办法吗？

昭和二十六年五月《文学界》

离宫的松树

西银座七丁目"万杵"鳗鱼馆，这天下午四时有人预订了二十人的宴会。这么多人，需要将楼上两间包房打通连在一起才能容下。这家店承办这种较大规模的宴会，每十天有那么一次还是可以对付的。店员们等午餐的客人一离店，立即动手准备起来。

脾气暴躁的睦男哭起来了。到了这般年龄的老板娘，突然想起要生孩子，睦男就是她一年多之前生下的唯一的心肝宝贝。"万杵"是一家新店，夫妻两个别处没有住房，和伙计们一起住在店铺里，碰到像今天这种大忙的日子，婴儿就哭个不停。于是老板娘就吩咐小保姆美代抱着孩子到外面去玩，并给了些零钱，叫她黑天前不要回店。

美代十六岁了，身个儿矮小，所以看样子只有十四岁。她生在铫子，给叔父婶母家做养女，叔父死后，生活困苦，就被"万杵"雇来照料孩子。

美代上身穿一件手工编织的红毛线衣，下身是蓝色的裤子，红袜子外面套着凉鞋。她用老板的一条黑绉绸旧腰带，把一岁的睦男绑在背上。

三月里风和日丽的一天。

美代盘算着如何使用许给她的这段时光。有一部电影她很想看看，谁知到四丁目的常设影院一看，那部电影只演到昨天，已经换了另外的片子。

美代顺着银座大街慢悠悠一直走到八丁目尽头。今天，暖风拂拂，午后开始有了春的气息。经过几次寒暖交替之后，春色渐渐变浓了。这时候，手脚寒凉，唯有脸庞火烧火燎，感觉有些不大自然。美代嘴里哼着：

"嗬啦，阿睦，打开手提包。"

"嗬啦，阿睦，蛋糕，又甜又香。"

她一边走一边诅咒似的用指甲弹着一家家商店的橱窗，买了小摊子上的水果冻、口香糖和巧克力。她只把巧克力掰下一小角来送到睦男嘴里，其余的自己转眼间就吃光了。

睦男走出家门不久就不哭了，只是在美代的脊背上自个儿不停地叨咕着什么。嘴里发出"姆——"、"阿姆"、"姆妈——"等声音。他有时高兴起来，就一个劲儿踢踏着双脚，小脚丫紧紧顶着美代的腰部。要是不高兴了，就伸手揪美代的头发。平时只不过是轻轻摆弄她的头发罢了，这样反而使美代感到痒抓抓的，好难受。

美代觉得这个孩子越来越重了，肩头的带子也勒得越来越紧了。想到将来不知会重到什么程度，她有些害怕了。她把孩子抱在膝头瞧着，这个可爱的婴儿和背在肩上的时候完全不同。美代有时会忘记孩子而考虑别的东西，然而不管她考虑什么，这种"重量感"总是不离开她的思绪。

来到行人稀少的河边道路上，来往的汽车和自行车倒是很多。

车子驶过之后，太阳底下光明闪耀的灰色的柏油路面，看起来十分空阔。美代想，要是自己有蜡笔，就在马路上画一幅那个多嘴多舌的女佣头头的像，让大卡车在上面碾来碾去。

桥畔堆满了垃圾，一捆萝卜缨子在垃圾堆里显露着泼辣的绿色。从旁边经过，能嗅到河水的腥味混合着垃圾臭味的阴湿的气息。美代想起墨汁的气味，想起习字的时间。

穿过昭和大街，她没有左顾右盼。当然，要是背上的孩子的母亲看到了会感到心寒，不过这个离开市区的小保姆，相信汽车这种由人驾驶的机器，来到跟前自然会给她让路的。美代横穿马路时就像走在荒原上，边哼着流行曲边摇晃背上的孩子，半睡半醒地从来往汽车缝里钻了过去。

汐留车站古色古香的火车头出现在马路对面的线路上。长长的烟囱断断续续喷着黑烟，这是一架高大的火车头，四五节车厢不很情愿地被它牵动着，不一会儿便挡住了小保姆的进路。

……货车经过之后，眼前便是浜离宫没有起伏的广阔的森林。美代看了不由打起哈欠来。

"啊，这天气真像是春天！"

买票进了浜离宫公园，一望无际的枯草的庭院，斑斑驳驳长出了锐利的青草的嫩芽。青年男女坐在四处的灌木林旁边休息。草地周围是一圈篱笆墙，看情景就像一片放养人群的牧场。这些人看上去大多是普通职员，打扮并不花哨，即便动动身子，也似乎带有一种牛羊般阴郁的气氛。

美代发现没有一个女人背上背着孩子，她并不觉得奇怪，即使走在银座大街上，也很少看到背小孩的人。因而，美代想到自己这副样子很是难为情。不仅如此，公然背着这样一件沉重的包袱，实在感觉不出一般人的幸福来。

黑漆的门柱子，门内两三棵梅树上开着不多的花朵。古代天皇的青铜像凝视着大海的一个角落，他眼里是否透过遮挡风景的树丛，清清楚楚看见港口的情景了呢？

美代忽然想起一件事，很早以前，记不清是在哪个季节了，她很想爬上这座雕像的头顶。想起来，真是有点儿胡闹。青铜的台座不太高，首先爬到那里，然后再坐在向前缓缓伸出的一条腿的膝盖上，这样可以搂住天皇的脖颈。

"睦男，好吗？"她对背上的孩子说，"现在我想攀登这座铜像，没有人看到，不要紧。你可要听话呀，不用怕。"

孩子睡了，没有回答她。

美代环顾一下周围，这一带正是芳梅亭租赁会场的前院，公园大门内就是宽广的草坪，一直连着以水池为中心的靠近海滨的后院。这里的石子地面没有消闲的人，眼下也没有情侣们来来往往。

美代不由吐了吐舌头。

她来到铜像后头，脱去凉鞋，攀着台座一跃而上，婴儿的头险些撞到天皇的剑把上。铜像布满了白色的斑点，用手一摸，已经干透了，纷纷散落下来。这是海鸥的粪便。她用手抓住剑柄，好容易登上铜像的膝头，这时手几乎要滑脱下来。美代站在铜像膝头上，用穿着红色毛衣的腕子搂住天皇的脖颈。透过衣服，她感到铜像渗入肌骨的寒凉。但是，这位小保姆满足于这种徒然的拥抱，她抚摩着铜像浓厚的胡须，抚摩着铜像的头发。睦男醒了，在她的脊背上高兴地跳跃，差点儿失去了重心。

从后院转回来的一对情侣，看到这番不寻常的情景都愣住了。

"啊，太危险啦！"

女子说着，用披肩蒙住了脸。

"嗬，真活跃啊！"

面孔狭长的职员打扮的男子，对着美代大声高喊，唯恐她听不见。

美代正要下来，刚下到一半，突然想起什么，对着天皇眼睛注视的地方伸长脖子。树丛对面果然是一道水平线，可以看见海港。白色的外国船停泊在靠近洋面的地方。那是一艘十分漂亮的大船。

大船映着阳光，闪耀着方糖似的银白的光亮。周围萦绕着两三片云彩，悠然地浮动着。美代也曾这样眺望故乡铫子的海面，那里时时有外国的大船驶过，每当中午休息，她便和同学一起坐在崖上，伸展双腿，停下吃盒饭的手向海面张望。

美代从台座上莽撞地跳到碎石地面，脚底被石子硌得很疼。睦男仿佛一下子也颠得喘不出气来，旋即咯咯大笑起来。跳下来时腰带松开了，美代穿上凉鞋，一边把腰带扎紧，一边向大海方向奔跑。

她沿着广阔的池畔，越过一座桥，小型水闸的对面就是海港。长着一排小松树的堤岸下边是一道石墙，潮水一直在那里涌动。

美代气喘吁吁，皲裂的面颊比平素显得格外红润。一无表情的眼睛一直注视着海港的光景。忽然，她的嘴角露出了微笑，那个经老板娘再三提醒却依然涂着鲜艳口红的干裂的小嘴唇，美滋滋地歪斜着。

美代在小松林一边的枯草地上坐下来，周围都是男女恋人。

有一对情侣像是在表演轻歌剧，男人深深揽着女人的肩膀，面对大海，低声进行二重唱。一个男人枕着女人的膝盖躺在地上，要女人用发卡给他掏耳朵。

美代一直呆坐着，一边吃着果冻。这期间，她发觉周围的男女不约而同都在注意自己的后背。

"啊，真可爱。"

给男人掏耳朵的女人说。

"唔？"

男人眯缝着眼睛朝海面望去，随便应了一声。

"可爱的婴儿。"

"嗯。"

男人胡乱在鼻子里哼了一下，他翻转身子，又闭上眼睛，说：

"这回该右边耳朵了。"

其中也有的男女为各种感情所驱动，带着温润的眼神瞧着睦男。睦男一直快活地"哇哇"喊叫着。人们都注意着睦男而不是自己，这使美代心里很不痛快，她走到石墙一端坐上去，将双脚伸在脏污的海水里不停地搅动。

这时，从黄色冷藏公司大楼后面，一艘汽艇卷着白浪出现了。汽艇越来越近，她看到了船员的面孔。一个人面颊赭红，一个人是清瘦的、年纪轻轻的美国兵。那个红脸的人坐在驾驶台上，不时听到他呼唤的声音：

"嘿呀，嘿呀。"

汽艇在距离海岸十米的水面画了一个圆圈，打了一个危险的旋儿。美代兴奋了，不顾女佣头头的规戒，拍着手咯咯大笑起来。

也不知听见没听见，汽艇猝然调转头朝这边驶来，眼看着到了跟前。石墙边的石阶被水浸没了，小船发动机空鸣着停靠在那里。

"喂，喂，过来！"

这回美国兵拍手了。美代知道是在向自己打招呼，霍然站起身子。美国兵朝她招手，脸上露出柔和的笑容。

"哦，小宝宝，快过来。"

被招呼的不是美代，依然是背上的婴儿。小孩子用沾满口水的小手"呱哒"给了美代一个耳光。

"马上就来！"

美代不由壮起胆子大声应道，其中也含有这样一种自豪：周围的恋人们都被忽视，独有自己应召而去了。她跑了下去，凉鞋在石阶上发出一阵响声。一只长满金色汗毛的人手抓住美代的腕子扶住了她。美代坐在驾驶台后面的座席上，盯着美国兵腕上金色的镯子思考着什么。

"外国佬，男人也戴手镯吗？啊，好气派！"

那个青年士兵转过头递给她一袋巧克力，这东西价钱贵，平时买不起。这是一大袋掺着果脯的巧克力。美代想，这个不给睦男，留着自己享用。她当着外国人的面，说：

"睦男，太好了，看，拿到好吃的啦。"

她把巧克力袋子压在婴儿的小嘴上，孩子有些厌烦，皱起眉头左右摆动着脑袋。

青年士兵几次回头逗弄着孩子，甚至伸出毛森森的手触摸睦男的下巴颏儿。婴儿吓哭了，外国人觉察到这一点就不再伸手了。

对岸是东海轮船公司的码头，开往大岛的"橘丸"停泊在那里。汽艇从旁经过时，两三个船员站在甲板上招手。美代半躬着腰，摇着手绢回应。

汽艇仿佛是在海港里随处散步。

汽艇渐渐离岸远去，威风凛凛，举行阅兵式一般从停泊的众多船只中穿过。行至海上，才发现太阳已经西斜了。洋面上的船只光闪闪的，那无疑是受到斜阳映照的缘故。洋面上还停着一艘军舰，浮泛着黝黑的城墙形状，流动着沉静而缓慢的火灾似的烟雾。

在美代眼里，每一艘船都很新奇。涂着橘黄色的是货船，伸向海面的绿色的吊车先头，吊着红色的钩子，鲜艳夺目。大凡老朽的货船，一律都写着日本的船名。美代对这些船看厌了，掉转视线，望着刚才自己坐过的石墙。

堤上的人影看起来稀稀落落，一排低矮的松树就像草地上的草。离开水闸越远，土堤越高，松树的干也慢慢变高起来，达到至高点时，正好有一棵松树亭亭而立。

松树时常经受着海风，向陆地微微倾斜，枝叶也大都面向陆地，所以看起来反而能和大海果敢相对。太阳照在那棵松树梢顶上，枝条周围闪现出火焰般的金光。

美代想起来了。

就是这棵松树，今天双脚自然来到浜离宫公园，也定是受到这棵松树的诱惑。

半年前的一个秋日，同这次一样，店里也是预约的客人很多，她背着睦男头一回来到这座公园，逛着逛着不觉天色已晚。太阳落山之前，她好容易来到这里，坐在松树下的地面上，眺望轮船和码头上点点闪现的灯火。

一位身穿便服的青年站在眼前的土堤上观看海港，时时想起什么似的，捡起石子投向海面。他那叉腿而立的背影渐渐模糊了，只有脑后搽着浓厚发油的头发闪现着光亮。看着看着，美代有些发窘，心里不知如何是好。你在干什么呀？要不要打声招呼呢？她甚至想默默走到跟前，将他推到大海里去。

不一会儿，那人吹着口哨离开了，他背向着美代朝前方走去。当时，不知是美代实在感到有些不满足，还是那青年想起了什么，他转过身子，蓦地注意着美代的身影，迅速朝这边走来。美代至今还清楚记得当时自己是多么激动。

那男子看样子二十五六岁，皮肤白皙，一表人才。他小心翼翼，半带着调皮的微笑，问她：

"小姐姐，干什么呢？这时候怎么还在这儿？"

"我没干什么呀。"

"给人看孩子？多大啦？"

"还早着哪。"

"嘿，回答得挺妙啊。"

青年说着就在美代身边坐下了。

"老家是哪里？"

"铫子。"

"真是缘分，我也是铫子人。"

"不要来那一套，我才不会上当呢。"

其实，美代并不习惯这样的应答，甚至可以说是生来第一次。不过她听说了，大凡男人说出这类话来，就这样对付他。类似的台词她想了不止两三条呢。

……接着，两个人山南海北地聊开了。青年稍稍靠过来，美代的肩膀被抓住了，正要仰面倒下，她奋力站了起来。

"你要干什么？我都有孩子了。"

美代在夕暮里一溜烟跑了。她跑了一阵回头看看，那人没再追过来。

那时候，美代一边喘气，一边紧紧扶住背上的婴儿奔跑。要说依靠，当时没有比背上的睦男更可以依靠的了，心里再没有能指望的东西。能够免除危难，可以说完全是托这个小小婴儿的福。

然而细想想，不能使那男子马上接受自己的，无疑也是这个婴儿。借着那个最初的机遇，如今的美代也许做了那个男人的妻子，幸福地生活在一起了。美代并不丑陋，不过也许因为有点儿孩子气，才使得那男子主动向她进攻。但是直到今日，那是仅有的一次。其后，美代多次在梦中梦见那位青年。

……美代从汽艇上一直望着夕阳照耀下的松树。她巴望再次见到那个男人。不，那男子如今站在树荫里望着这边，正等着和美代见面呢。她想，要是不马上去，那男子也许要回去了。

"回去吧，士兵哥儿，我要回去！"

美代气急败坏地用听来的几句英语叫嚷着。

青年士兵瞪着眼睛回过头来，他看到小保姆用手指不住指着海岸，说道：

"OK."

汽艇驶回去的时候，美代不断说着道谢的话。那棵松树渐渐清晰了，当她发现松树下面没有自己所思念的人儿，心里感到无比悲伤。

汽艇到岸了，她上了土堤，对着渐去渐远的汽艇挥舞着手绢。美代一心记挂着那棵松树，汽艇上的士兵一直对她挥手，反而使她心烦意乱。

美代来到松树下边，她甚至记得当时自己坐的地方。如今秋草没有了，只有微微返青的嫩芽。夕阳将松树的树干染成砖红色，美代一侧的肩膀靠着树干，伸展着两腿，默默等待着。

睦男睡着了，过了一个多小时，海面映着夕晖，流动着千万点烛光。停泊的船只，天刚擦黑就及早点起绿色的桅灯。洋面上的大船隐没于夕云之中了，开始一派光辉，进而一片薄明，最后完全浸没于黑暗里了。

海潮涌上石墙，发出阵阵呷嘴般的声响。一个遛狗的人倏忽向小保姆脸上扫了一眼。因为他觉得，她很像那个在电影里背靠树干而死的女子。

太阳渐渐西沉，天气变冷了。美代将冬天留下冻疮的手放在膝头摩擦着，背上的婴儿向后仰着头，张着嘴睡着了。美代对此毫无觉察，小保姆的脑海里已经没有这个婴儿了，她心里想着的只有那个不知姓名的男子。

海水上空依然残留一线橘黄色，公园里里外外都点亮了灯火。

美代听到踩踏着散乱松叶的脚步声。她睁开眼睛，面前站着一个嘴含香烟的男人。她还记得他身上的那件便服。

"哎呀，你到底来啦！"

美代一口气说出了早已想好的该对他说的这句话，站着的双腿一个劲儿颤动着，双手捂着脸哭了。

男人后退了一步，一副害怕被抓住的姿势。薄明之中瞅了瞅这女子，他记不起来了。

"你怎么啦？小姐姐。"

他说着，畏畏缩缩将手伸向美代的肩膀。美代耸动着肩头，那动作仿佛要钻入男子的手掌心里。

"我很想你。"

"哎？"

"我爱你，我一心一意地爱着你呀。"

"哎——"

男人只以为她是个女色鬼，在美代向他哭诉半年前的往事之前，他只能这么想。他把吸剩的烟头用力扔进大海，他想起当时自己向海里投石子的姿势。

"是吗？你就是那时候的小姐姐吗？你可别吓我。天这么暗，就是紧紧把我抓住，我也认不出你来。"

"认不出来？都怪我不好。"

男子在美代身边坐下来，好长时间，两人都默不作声。美代想，这回他要是干什么，自己一定抛下睦男任他摆布，决不再逃跑了。但是，那男子一直沉默不语，美代从口袋里掏出口香糖给他，放两块到自己嘴里，剩下的全都塞进男子的口袋。

"小姐姐，你多大啦？"

男子又和上次一样问道。

"十六周岁。"

"唔——"——青年想不起还该说些什么，他好容易找到了一个安全的话题，语调也变得明朗、自然了。他问起了婴儿的事。

"这孩子挺可爱啊，多大啦？"

"满周岁了。"

"是男是女？"

"男孩，你看他穿的什么衣服。"

"到那里去，让我看看脸蛋儿。"

两人坐到灯光下的一块大岩石上。

"喂，喜欢叔叔吗？喜欢我吗？"

男子笨拙地逗弄着孩子。婴儿生气了，又立即快活起来，用身子使劲撞美代的脊背。

"我也想有个这样的孩子。"

"你真想要吗？"

"我真想要。"

美代很想说"我给你生一个"，但到底没有说出口来。

此时，她看到一个女子登上土堤后面的路，站在池畔，向四周张望了一下，这时女子看见了男子，扭扭捏捏地上了石阶。看样子她穿着高跟鞋走路还不习惯。

"让你久等啦，对不起。"

女子说着，目光迅速转向睦男，她眼里似乎没有美代的影子。

"呀，可爱的小宝宝。"

她说道。

美代呆呆地盯着女子。她穿着外套，看不到里面的打扮。米黄色外套是新做的，胸前戴着金光闪亮的大胸针。这女子相貌平平，没有什么特别的地方。如果硬要挑毛病的话，就是眼睛嫌小了些。但那过于浓艳的妆扮，反而令人觉得眼睛小倒是个优点了。不过，更使美代绝望的是，这女子脊背上也没有背孩子。

"他等待的人原来不是我。"

男子和女子说话的时候，美代的心里千百遍翻腾起来，奇怪的是她没有掉泪。她想今晚上钻进被窝痛快地哭上一场。然而，她若无其事地强作笑颜。美代在电影里多次看到过这种场面。

那男子回过神来，说道：

"啊，真是个可爱的孩子，我们要是有个这样的婴儿该多好。"

"我也这么想呀，真想有个这样的男孩子啊。"

女子用一个极夸张的动作同睦男贴贴脸儿。

美代冒冒失失问道：

"你们，没有孩子吗？"

"没有，很想有，就是生不出来。"

"我也想要个这样的男孩。"

美代睁大了莹润的眼睛，心中激动地盘算起来。要是这样，自己干脆退出，心甘情愿祝福他们两个。为了他们的幸福……美代所能赠送的礼物只有这一个了。不过要是直接表白，他们一定会辞退的。美代想到一个小小的计策。"我肚子疼要去厕所。"她说。厕所就在池塘边上，距离这里约有百米左右。

"请照看一下孩子好吗？"

"好的，请去吧。"

女子亲切地答道，她坐在岩石上。美代解开带子，轻轻放到女子的膝盖上，孩子没有哭喊。

"你行吗？要不要吃点儿药？"

"嗯，不用啦。"

美代回过头来，瞥了男子一眼。那人正在低头抽烟，灯光照得鼻梁亮晶晶的。

美代沿着池边的小路飞奔而去。

美代穿过厕所，跑得呼哧呼哧直喘粗气。她肩膀上再没有什么重负了，身轻如燕，仿佛换了一个人。她一站住就犯起踌躇，她必须一个劲儿地奔跑不息。

美代一边奔跑，一边听着背后响彻夜空的轮船的汽笛声。一路上，她还听到了寂静的水池里鲤鱼跳水的声音，森林里猫头鹰的鸣叫，以及远方汽车的警笛。

跑累了，稍稍走上一段。此时，她又悲从中来。再也见不到睦男了，再也回不到店里去了。然而，她一点儿也不觉得干了坏事。如今，她感到睦男就是那位不知姓名的男人同自己生下的私生子。

走出公园大门时，门卫怪讶地注视着这个踽踽独行的少女。不久，美代就进入骤然明丽的杂沓的人群之中了。她心里怦怦直跳，真想大笑一阵子。

"大家都一样，没有任何差别，我身上再也没有什么东西啦。"

美代想到尽量远离"万杵"的地方去，她挺起胸膛登上了"都电"。

乘客稀稀落落，车厢里寂然地亮着灯光。乘务员过来检票了。

"终点站！"她说道。她想，到了终点再换乘别的线路。

昭和二十六年十二月《文艺春秋·分册》

猜字谜

一周里总有这么一天只有一两拨客人入住，无聊的侍者们都集中在事务室里取乐。有的下象棋，有的在一边看热闹，时不时插上几句话。有的迷上了传奇话本和恋爱故事。其中只有一人，时时想起什么似的呷一口渐渐变凉的粗茶，闷闷不乐地伸手在火钵上烤着。

　　这么说来他是个老人？不是，他很年轻，离三十还远哩。还有，这里的五六个人中，只有他算是个突出的帅哥。一说帅哥就意味着有一副招人反感的漂亮的外貌，其实这男子的长相，倒是多少有些讨人嫌的地方。始终搽着厚油、收拢得十分光洁的头发，很少变化的表情，尤其是那招摇过市的严肃的侧影，以及那闪烁不定的眼神，使他更加显得像个色鬼。

　　热中于下象棋的两个人，刚才一直在拿这个男子开涮，玩笑说够了这才开始下棋。他们说他什么不自由啦，叫他多少再忍耐一些啦，这些话都是有来由的。他老婆在同一家酒店的餐厅里做事，怀了头胎，眼下回娘家生产去了。

　　那个读传奇话本读厌了的人，将工作服上衣撸到胸前，又是伸懒腰，又是打哈欠，连裤腰带都露出来了。他看看窗外，晒衣场被早春的雨水打湿了。

他挪挪椅子，递给那位帅哥朋友一支香烟。两个人年龄相仿，帅哥没有别的朋友，他可以说是他唯一的朋友。但是就是这样一位朋友，帅哥也没有向他敞开过心扉。这位向帅哥进烟的朋友，若无其事地问道：

"我从来没有详细打听过，我问你，为什么要娶现在这个老婆？"

对于这个问题，如今正是提出来的好时候，也是一个难得的机会。

"为什么"这个词儿有着实际的内涵。

餐厅有限的几位女性之中，他的面临生产的妻子，长着一副丝毫不为人们所注意的容貌。

也许可以说是个丑女。

美男丑女组成夫妻，世上不乏其例。然而过去一个时期，这位颇有本领的男子，在这一点上，确实使得这位朋友百思不解。

帅哥须臾之间俯伏在火钵上，没有回答。他用长长的火钳将插进灰里的两三个烟头夹住，移到了别处。不一会儿，他似乎下了决心，说道：

"那好，我给你一个人说说吧。一年来，这件事我对谁都没有透露过。"

——下面就是他说的话。

黄道吉日这天晚上，热海开始热闹起来了，尤其是自秋至春婚礼集中的季节更是不同寻常。那些走在繁华大街上旁若无人的男女，一旦遇到花枝招展的新婚夫妇的队伍，一概让道而行，这并不仅仅因为艳羡和害羞。就像那些走过高价玩具店门前总要蒙住孩子眼睛的父母一样，这些露水姻缘中的恋人，费尽心思使女子不要向那边转过脸去。

否则一小时之内，女人必定搬出结婚这个话题。女人谈论结婚，就像男人谈论工作一样，听起来总是有些不快，因为这种话题对于各人来说过于专业。

三年前，这家位于山坡上的酒店解除了接管，我被雇用来做侍者，当时看到这么多新婚夫妇十分眼热。过了一年，心情变了，我用另一种眼光看待他们。

男人多半肩头挂着新款的照相机，帽子、西服、外套和皮鞋一律都是新的，停战后二三年间，大部分人都是如此。有的女人将平时不用的叠得很整齐的披肩，搭在外套袖筒上，这是自古以来的传统；也有的女人是最时兴的帽子、西服和手提包，一应俱全。她们的穿戴真是五彩缤纷。假如遇到同性中有人和自己拿一样的手提包、戴一样的帽子，那种痛心疾首的事儿，终将成为新婚旅行中长久抹不掉的记忆。奇怪的是，有些人即便其他东西用旧的，唯独皮包大致都是崭新的。他们特意买来过去不用的旅行包，指望将来总能派上用场。

他们站在酒店的庭院和石阶中段一个劲儿拍照。每个人仿佛都在预先做试验，考虑究竟该摆出什么样的姿势，才能在将来的回忆中凸显自己。

多么相同的微笑、相同的羞愧、相同的幸福啊！依我的理解，人的野心就是力求超越俗众的欲望；而幸福则是争取和大众一致的欲求。

春天尤其如此，这种满城泛滥、千篇一律的族群，使我感到忧郁。这未必是我个人的忧郁。我找女人容易得很，要想结婚明天就成。

酒店里我负责三楼一区的房间，就是从三〇一号到三一〇号。三楼各个房间都有突出来的漆成白色的铁栅栏阳台。站在阳台上可以俯瞰整个热海市区，眼底下的房舍如洪水一般向海洋里倾泻。这股洪水浊流宛转，裹挟着瓦片、木材等众多的漂流物，浩浩荡荡向大海奔涌，一刹那又永远静止下来，随即造就了热海这座城市。

右面有鱼见崎，有围绕地岬运行的汽车可以抵达的观鱼洞，地岬对面还有一道地岬环抱着锦浦。这些景观，站在这座酒店上看得最清楚，因为这里位于车站后面百折萦回的高坡顶端的附近。

最早出行的客人离店之后，我就开始打扫房间。阳台非常明亮，脚边鲜明地映着铁栅栏的影子。眼下庭园里的日晷上指着上午九点。日晷周围生长着一丛春兰，一半荒凉了，犹如晨起未及梳洗的乱发。

我喜欢在天气晴朗的早晨把离店客人的房间打扫干净。我哼着小曲儿，一边吐气一边揩拭镜子，不时用拳头轻轻敲打几下。我对着镜子说道：

"喂，你小子昨夜看到什么啦？快快坦白！"

我打开衣橱，衣橱里很明亮，镶嵌的木板浮现着美丽的木纹。我在布满灰尘的一角里发现那个下流的东西，也是在这个时候。

床铺上残留着夜香水的香味，我把脸孔埋在被褥里，好一阵子感到心性陶然。

有时女人的头发落在镜子前面，我把头发缠在自己的手指上，老半天茫然地站立不动。

你问我，对那些新郎们不感到嫉妒吗？不会的。这种类似女人体香的气味为我所独占。我一直想象着，自己的女人如今回去了。我觉得那些桃圆脸女人、瓜子脸女人、米粉团般的女人以及苗条女人，都曾经为我所有。至少那些住过我负责的房间的女人，我自以为连她们背上的黑痣长在哪里都一清二楚。证据是，她们回去时，大多数人都向我递眼色，似乎说："那件事可要为我保密呀。"她们这种无意识的视线，就是犯下的最初的不贞。

……那是去年一月末星期六发生的事情。

既是星期六，又是个吉日。这天东京的婚礼似乎很热闹，宾馆一周前就被预订满了。经常有人在婚宴举行到一半时逃席而来，一般最早十点到达，晚些的就乘末班电车。来得早的，都是婚礼上以茶代酒、希图简便的客人。

迎接十一点半抵达的客人的汽车，由车站开出驶上陡峭的高坡。酒店大门周围的绿树在夜风里窃窃私语，鲜红的尾灯悄悄沿着门前的石子路渐渐临近了。

剩下的只有三〇一号的房客了。我来到柜台，出了门厅，打开车门。今晚外面十分寒冷。

下车的属于普通的商界人士，黄褐色的外套上围着细格子呢绒围巾。也许偏爱美食，一副大腹便便的体魄。他是个五十五六的无髯的男子，跟着下车的是一位身穿黑色羔皮外套的女人。

我听说，真正的羔皮，要比世间女子豪奢的标本——貂皮贵得多。

女人的外套领子呈现海芋花的形状，将脖子埋没起来，所以她的面庞十分鲜润，恰似置于黑色的背景之前。最先下来的男子头也不回只管向前走，女人正要下车时外套挂在车门的铰链上了。我一眼瞥见，立即帮她解下来。她微笑着向我道谢。

大门口自然有灯光，也有门灯，但是没有横过车身的一侧是昏暗的。我看见微笑的女子隐约闪现着白牙，心想，她竟然长着一口漂亮的牙齿。

女人很快追上了男人。我鞠躬，拎着行李陪他们两个到了三楼。男人据说是汽车公司的专务董事。

三〇一号房间未必是最昂贵的，但远比带有套间的阴森的二〇一号漂亮、舒适。至少我负责的这些房间，是最适合眺望外头的景观的。

女人穿着外套走到窗前，暖气管里的蒸汽使玻璃窗变得模糊了。她用戴着手套的手背轻轻揩拭。看她那副沉静的样子，我断定她是一位情妇。

战争结束后，暴发户中有很多人，总以为我们这些人不可捉摸。也有不少客人，即便装作熟视无睹，但也不能不意识到我们。然而今天这位专务董事不是这样，作为自己富有教养的证据，他只把我当做一团空气。

我们（至少在男客之中）倒是喜欢被当做空气对待。感情一旦投入，即便对方心怀好意，也只能引起我们的反感。把我们当朋友看的客人，对于他们的这份礼仪均报以轻蔑。客人一旦采取过分恭敬的态度，比起过分蛮横无理的态度，更使我们觉得受到了侮辱。法庭上法官如果比被告更加惶恐不安，这就太奇怪了吧。总之，要互相尊重人生的职责。三〇一号的客人立即叫了加冰威士忌。因为酒吧已经闭店，我问他啤酒行不行。客人很老实，他倒答应了。

女子脱掉外套，换上了英国制的花呢旅行装，拿出细而长的珊瑚烟嘴儿，用染着同样珊瑚红的指尖儿撮着，抽起香烟来。由于光

112

线的关系，她的脸色有些黯淡。不知什么缘故，我一直注意着这个坐在正对面的女人的视线。

男人不论干什么事都是自己先决定下来，然后才征求女人的意见，那种闺房秘事也是可以想象的。他猛然想起什么似的，对女人问道：

"喝点儿啤酒吧？"

女人吐着细细的烟圈儿，很不耐烦地说：

"不。"

"那么，来杯汽水怎么样？"

"……不，啤酒可以。"

这时，女人的烟灰已经积得很长了，我一眼看见，正要告诉她："哦，那烟灰……"话还没有说出口，女人早已注意到了，她将烟嘴儿伸向桌子上的烟灰缸。

其实我要说的只是一个感叹词"哦"就完了，男人怪讶地抬眼瞅瞅我。

烟灰积得老长，终于掉落到裙子上了。

男人没有注意，看来他只留心那个感叹词，于是问我：

"怎么啦？"

"啊……"——我毫不犹豫地盯着女人说，"回头我给您刷一刷吧。"

男人顺着我的视线转过脸，看着莫名其妙笑着的女人。男人再次回过头来，眼睛里闪动着不悦的神色。我感到自己的表现有些出格，于是赶紧逃出那个房间。

我巴望听到那女人背后谈论我的笑声，但这种妄想和我平素的性格不太符合，多少使我感到了痛苦。我想："我也是个有七情六欲的汉子啊！"

但是，等我第二次送啤酒去的时候，什么事儿也没有了。这回我也只能格外低头哈腰地应酬一番罢了。

这样的一个深夜，走廊有着一种庄严的气氛。很少有呼叫的铃声。我站在寂静的走廊上，瞧着一扇扇上了锁的"我"的房间的房门，心中浮起一种奇特而又滑稽的联想。这些房门里头是一座座烤面包炉，我拱手等待着面包快些出炉。我暗暗嘀咕着：

"嘻嘻，放在炉内的那块面包早该烤熟了吧？"

翌日早晨，天空微阴。我陪他们到餐厅，别的侍者也都各自陪着客人进来了。都是些一目了然的新婚夫妇。餐厅里非常宁静。这时，有一位勇敢的新郎，也许是要为新娘子吃的第一次早餐拍个纪念照吧，他连餐巾也没有从上衣取下来，便急急忙忙打开相机站了起来，惹得全场发出一阵善意的笑声。

我是最后陪三〇一号的客人到达餐厅的。女人的眼睛比昨晚显得稍稍有神，眼白处微微发青。我昨晚未曾注意，她长着一双秀腿，母鹿般的结实的足踝，使人强烈感到她就像"动物"。

我的差事只需将客人领进餐厅就行了，其余皆有餐厅女孩子们照顾。女侍们站在唐代四君子模拟刺绣壁画前边，浅蓝色的制服外面裹着围裙，木头人般的毫无表情。不是我吹牛，只要我在餐厅里一露面，就能发觉她们之间那种面无表情的局面，仿佛流过一道电波，立即相互牵动起来。其中，有的人甚至大胆地对我挤眉弄眼。

然而唯独那个早晨，我对餐厅恋恋难舍。早晨的餐厅除了为三〇一号客人保留的一桌之外，其余都被新婚夫妇占满了。三〇一号的女人穿过人群走到自己的桌边，一点儿也不忸怩，但也并非虚张声势。和其他桌子边上的那些愣头青丈夫不同，她让神情威严的男人走在前头。尽管如此，这个女人的做派和人品都无可挑剔。

我将他们送到那里，就去三楼收拾房间了。我一边上楼梯一边思索。

"看来，这一对也许是真夫妻吧？我听人说过这样一对夫妻，他们每晚都会带着陌生路人般的表情走出家门，到预先商定好的咖啡馆去玩一会儿，见面时总是互相亲切地打招呼：'呀，好久不见啦，您好吗？'然后肩并肩回到自己家里，据说不洗牛奶澡就睡不着觉。那人也许是喜欢把自己的夫人装扮成小妾吧？"

整理好房间，本该回到事务室去，可我又鬼使神差地到了柜台，这种事儿从来没有过。

两人已经吃过饭了，在休息室里同酒店经理聊天。女人站着，看样子她懒得再聊下去，不由离开了座位。

女人对柜台里的人轻轻地点点头，毫无兴趣地望着小卖店里的彩绘明信片。我正好走到她跟前（女人一定是为了等我，才在明信片前面磨蹭时间的），她问我：

"从哪儿能到院子里去？"

"啊。"我快活地应了一声。我自信，我的青春的嗓音和胸前的金扣子很相配。

"刚才那间休息室的门关上了，我陪您从大门口出去吧。"

一种职业的欢快使我走在前头。推开涂着白漆的柴门，来到晨光熹微的小小庭院里，冬玫瑰的花朵落在石板路上。日影还不足以清晰地映在日暮上。一个角落里开着白色的山茶花，这是一位美国高官的夫人回国时亲手种植的。

女人走到爬满墙壁的干枯的红色长春藤前边站住了。这个女人对山茶花不感兴趣。也许是近视眼吧，她眯细着眼睛望着热海市区重重叠叠的房屋。海面阴沉，看不清水平线。

我打开柴门缩回身子，此时应该调头离去才是。可是我总想在这里和女人两个单独待上一会儿，谁也看不到，哪怕两三秒钟也好。

女人掏出香烟，插进烟嘴儿里，又从烟盒里抽出一支送给我，我连忙谢绝了。我能为她做些本属于自己分内的服务，心里也很高兴，所以我赶紧用酒店的火柴为她点了烟。

"你挺机灵啊!"

女人开始注意起我来了，我傻乎乎地羞红了脸。

"啊。"

"你在这里很久了吧?"

"啊，解除接管时就来了。"

"是吗?"女人靠在白栅栏上，我说"告辞了"，便低着头匆匆逃回。女人有没有说"谢谢"，我不记得了。

三〇一号的客人离店是那天下午。天空云彩密布，很少下雨的热海似乎要下雨了。

这段时间酒店里很安静。客人要么出外游玩，要么睡午觉，再没有干别的了。

我去整理三〇一号室，走进屋里闻到一种奇异的香味。

我们这些侍者，可以说是发挥想象力的天才。每天面对眼前一排扑克牌的背面而生活，即使不翻过来，也能读出正面的数字。我在阴天里晦暗的酒店的一个房间转了一圈儿，对于这个女子在此如何度过周末的一日，眼前看得十分明白。

我像平时一样打开衣橱，法国香水"夜间飞行"的瓶子空了，横倒在一边。我把瓶口抵在鼻子上，呆呆地走到阳台上，不觉之间下起雨来了，雨丝细细，但异常寒冷。眼下远处的热海车站月台露天的顶棚，被雨水淋湿了，黑乎乎一片。

平时我决不肯干那些模仿别人的傻事，而现在却鬼迷心窍，一心想在女人睡过的床上躺一躺，抱一下铺散过女人香发的枕头。

万一被同行们看到了不好，我想把房门锁起来。客人一般都把钥匙放在桌子上，那里应该有一把标着"301号"的钥匙。

可是，我找遍整个房间都不见这把钥匙。心想莫非还给柜台了，到柜台问了说没有。那女人肯定误把钥匙带走了。经常有这样的事，有的放在手提包里，回去时忘记归还了。

钥匙实在找不到了，我便产生一种渺茫的希望。我觉得，我同那位女子的缘分还没有断，这就是证据。

——我在明信片上简单地写了几句话，内容如下：

近日承蒙来我店住宿，非常感谢。其间不知是否误将房间钥匙带走，今不顾失礼，冒昧拜问。若万一带回，请及时寄还，不胜荣幸。

我去柜台翻阅了住宿登记，只见上面写着：

东京都涩谷区松涛町十号藤泽源吾等二人

明信片写上收信人"藤泽先生"的字样，发出去了。

三〇一号室的责任人是我，保管钥匙的责任也在我，写明信片是当然的解决办法。

你没有被客人拿走钥匙的经历吧？这种场合，作为一个侍者，我的做法是否有些过分了呢？假如另有一位藤泽夫人存在，她会不会借着这张明信片向她的丈夫发难呢？给那位老爷添麻烦，会不会使酒店失掉好容易获得的贵客呢？这种损失远远不是一把钥匙的价值所能抵偿的，不是吗？

虽然如此，我还是相信这是唯一的最佳处置办法。既然不知道住宿登记上的地址是不是真实的地址，那么现在就先担心这担心那的，未免有些犯傻不是？

……给你说真的吧，其实我本来想把明信片收信人写成这个女人的名字，但是住宿登记上没有她，我心里真是窝火。既然是堂堂正正以一个男人的名义发出的，那么我的嫉妒使得我多多少少巴望那男人受到自家老婆的一番惩治。

信发出的时间是一月末。

一直没有回音，一周过去了，十天过去了，我什么也没有等到。我新配了一把钥匙，经理也没怎么骂我。渐渐地我把对那女人所抱的幻想，权当是逢场作戏罢了。

二月十四日，我收到一个像医药样品的小盒子。因为我在那张明信片盖着酒店橡皮戳的旁边，写上了自己的名字。但这小包发件人的名字使我感到狂喜。那不是藤泽源吾，而是藤泽赖子。

我从同事的眼前一把抓住这个小包，急急忙忙想一个人躲起来。我在心里呼唤着赖子的名字，一边呼唤一边又被其他的疑惑压服了。

"这个赖子怎么能证明就是那个女人的名字呢？"

酒店后面是高耸的石墙。我出去了，坐在阳光明丽的枯草堆里。连接大楼的低矮的走廊上面的太阳，温暖地照耀着石墙上石室一般凹陷的部分。冬天的苍蝇不肯离开我的手背，拍落下来再用鞋子碾一下，苍蝇沙拉沙拉响，就像踩碎一个躯壳。

小包包得很结实，我用牙咬断了绳子。

里边是一把房门钥匙，而且是没见过的钥匙。这是来宫那边今年新建的一家饭店的钥匙。我失望地咋了咋舌头。

"操，眼巴巴等了几天，还把钥匙给搞错了，那女人是粗枝大叶还是钥匙的收藏家？"

我差点儿大笑起来，带着满脸的晦气翻来覆去看着这把钥匙。然后站起身来，抛向冬日蔚蓝的天空，又用手接住。钥匙落下来，链子发出了响声，砸得掌心生疼。

酒店的钥匙不管哪里都一样，不论是钥匙外形，还是黄铜链子，或者是连在链子上的号码牌，我瞅瞅"乐乐饭店"那一行白字，几乎和我们酒店的没有什么不同。我蓦地查了一下房号，上头写着又黑又粗的"217"几个数字。我想，这是二楼的钥匙。

此时，我发现2和17之间似乎有一条红线，就像粗粉笔画的。但这是油脂性的红，不是红粉笔的红。我放在眼前仔细审视，原来是用口红画的线。

我一心一意想解开2和17分开写的这个数字谜。我一时猜不出来。不久到了吃晚饭的时候，因为太忙，实在无暇顾及，但脑子却一直粘缠在这上面了。为此，接待客人也是三言两语，答非所问地应付过去了。晚上回到事务室后，我谁也没告诉，一个人试着解这个谜。当晚，你们都在一起侃荤段子，我一个人躲开了。

想着想着，忽然抬头看看贴在墙上的大幅挂历，套色雪景画下面赫然印着二月份的月份表：今天是二月十四日，明天是十五日，后天是十六、星期一，对啦，再一天便是二月十七日。

我不由大叫一声，弄得你们都回过头来看。但你们哪里知道，当时我心里有多么激动……

你晓得这三天我等得多么心焦啊！一到星期二，周末度假的客人都走了，我也该空闲下来了。你看，她想得多么周到，她的这副热心肠真是非同一般！

我偏爱三〇一号室，当周末度假的客人星期一早晨离店时我最高兴，好像房间一下子又回到我的手里。我一直想象着那女人待在这间房子里的情景。我把脸孔深深埋在羽绒被里，紧紧抱在怀中，事无巨细地幻想了一遍。我脑子一阵劳累，好像生病了。

星期二晚上到了，我托你照看一下，就离开了酒店。你还记得吧？我的借口是：舅舅带着我的未婚妻到热海旅馆来了，我虽说没那分心思，可也得去问候一声。当时你爽快地答应了："快去吧。"

幸好我们的这场交易不怎么太显眼，你看到我临走时心神不定的样子，也没有冷言冷语嘲笑我。是啊，讲究礼貌是我们侍者修养的首要一课嘛。

然而，那天一早我就不断对着镜子照了又照，头发梳了一百遍（你不要笑），散乱的地方悄悄打了发蜡。怎么也得打扮成一个自己满意的好男人。还有，要是穿着这身热海西服店买的邋遢衣服，好容易打扮成的美男子不就给砸了？要是那样，还不如干脆穿着随身的工作服更好。我拣一条时髦的围巾围上，两手往外套袖子里一插，就走出酒店下了高坡，直奔热海车站而去。

海面上的下弦月照耀着别墅的屋檐。今宵热海市静得出奇。平时人流似潮水的市区，今晚上临到退潮期了。

我打算用站前的公用电话向乐乐饭店打电话，确认一下藤泽赖子是否来了，可是等着打电话的人很多。正犹豫之间，一辆汽车停在眼前，我连忙报出乐乐饭店的名字，跳上平时很少乘坐的出租车。

当天晚上的热海市，看起来多么美丽！

不是什么雾气，气流的运动使得街道低低笼罩着温泉般的水汽，映入眼帘的一切都那么温馨而莹洁。就连和汽车擦身而过的姑娘，那彩虹般的围巾也显得潮润润的。还有，摆在礼品店店头的羊羹盒子，以及茶花油淡黄的瓶子，所有这些也都温润可亲。尤其是水果店铺子美不胜收，柑橘、苹果、香蕉、柿子、柠檬，五光十色，悦人眼目，简直不像俗世所产之物。

车子不久渡过河向右转弯，带着沉闷的声响，开始驶向黑暗的高坡。

乐乐饭店是旧宫家的别墅，古风的冠木门里，浓密的树丛掩映着一条石子路，那里有闲静的小庭园。我直奔柜台，急不可耐地发问：

"有一位叫藤泽赖子的女士住在这里吗？"

我的问话多少带着一些卑屈的影子，柜台里的中年人（可说是一副旧宫家执事的派头）没有马上回答我，他瞥了我一下，叫我少候。他打电话，电话一概不通。我渐渐有些不耐烦了。

里面有个老人一直在翻看住宿登记，他的眼镜闪着光亮，抬起头说：

"藤泽女士现在好像在休息室里。"

你知道，这一瞬间我真是喜出望外！饭店里的房间位置我了如指掌，休息室该在哪里我也清楚。我很快推开休息室的门。

四五个客人在打台球，里面的火炉燃烧得正旺。旁边的安乐椅上骄矜地坐着那个女人，膝边的茶几上放着红茶茶杯，膝盖上摊着大版面的《生活》杂志。

她看到我微微一笑，把杂志放在面前的茶几上。她指指火炉另一边的椅子，说："请坐。"

我的膝盖接触椅子的同时，实在颤抖得厉害。因为从燃烧的木柴的香气里，我不折不扣地嗅到一股"夜间飞行"的幽香。

女人身着旅行装，颜色是当下流行的葡萄紫，脖子上卷着漆黑的围巾，佩戴着金色的胸针。发型和前次不一样，烫成了大波浪的鬈发。

我没说什么，女人也没说什么，彼此都心照不宣。

我看了看周围，小声问：

"您，一个人吗？"

"一个人。怎么啦？"

女人不动声色，只是睁大了眼睛。

"您要不要脱去外套？火炉旁边不热吗？"

"不用脱。"

我解开钮扣，倏忽露出洁白的上衣，女人开始无心地笑了。她的笑没有一点引起反感的因素，当她看到我陷入她所设置的一个个陷阱，便像个欢乐的孩子笑起来了。

接着，女人喊来了侍者，要了加冰威士忌，然后问我：

"来杯啤酒好吗？"

我笑了，不客气地接过女人递来的香烟。对于我们侍者来说，香烟是奢侈品，外国人时常送我们一些外国烟，但是这女人给我的是罕见的椭圆形切口的土耳其香烟。

我们等待上酒的那阵子，只顾默默地抽烟。这时我发觉我的香烟火口的烟灰散落到外套膝头上了。女人一直看着它们掉下来，故意沉默不语。

酒喝完了。"去房间吧。"说着，她从椅子上站起来。这时，我心里又怦怦地跳个不停。

二一七号室，来到门前我突然泛起一阵嫉妒，我一心想向这女人问个明白，从前究竟和谁在这间屋子里睡过。我的侍者根性，强使我忍住了。不，因为我顽固地认为，一旦说出来就会毁了女人的心情。

门开了，屋子深处一面稍稍仰起的镜子，映着电灯发出刺眼的光亮。

"请锁上门，钥匙带来了吧？"

女人说道。

当晚，我回到自己酒店已经将近十二点了。我紧紧握住外套口袋里那把三〇一号室的钥匙。临别时女人一句话没说，笑嘻嘻地将这把钥匙交到我手里。一瞬间，我想到这是她给我的特别关照，心中立即涌起一股愤怒和羞耻。

三〇一号，今天没有客人。

我把女人还给我的这把可爱的钥匙插进锁孔。我没有上锁，只是以一种例行公事的心绪插上钥匙开了门。

我故意不开电灯，没有月光照射进来，然而外面的电灯和大楼招牌上的霓虹灯十分明亮，室内即使不开电灯也隐约可见。

床铺上寂悄无声。我在床上将依旧灼热的身子躺成个"大"字。

暖气独自发出金属般咝咝的响声，我的心早已进入了梦境。三〇一号钥匙，已经不能再读作三百零一了，对于我来说，只能读作三月一日，女人默默交过来的是让我猜的一种记号。

还有半个月，我就可以在自己长年侍候的这间屋子里，毫无顾忌地抱住那个女人了。女人会按铃的吧？到时客人和侍者首先拥抱一下，等其他房间的客人都睡下了，我就可以像回到自己房间一样，不必敲门就进入这间三〇一号室内。

我又被恣意的想象所驱使，站起身来。

我只打开浴室的电灯，环顾一下光明耀眼的浴室。猛然打开淋浴的开关后，又连忙缩回身子。莲蓬头映着灯光喷洒出圆形的骤雨。这是温水淋浴。

骤雨里萦聚着白色的水雾，使我幻想着洗浴中的人的倩影。

我几乎从朦胧的飞沫里看到了赖子一丝不挂的身姿。

三月一日一周前，当柜台通知说三〇一号已被名叫藤泽赖子的客人预约时，我的梦已经不仅是梦了。我专门到柜台去查看预约表，就像等着录取通知的学生跑到学校看发榜的心情一样。那一个月的预约表里，均填写着某日某时几号房间某某先生等二名，某日某时几号房间宫崎先生等二名，等等。三月一日午后十一时半三〇一号室只有藤泽赖子女士一名，我看到时简直高兴地要发狂了。

三月一日下了雪，听说东京的雪特别大。

热海整个上午只是偶尔飘下几片雪花，到了夜里越下越大了。

这时我心里十分苦恼，这样的雪天女人会不会有取消预约的危险呢？眼下刚到下午，已经有两拨客人打来电话取消了日程。

我把三〇一号室打扫得纤尘不染，一次次地出出进进。到了十一时半，走到阳台一看，一辆出租车闪耀着红色的尾灯驶上蜿蜒曲折的高坡。

我这天对其他客人也是关怀备至，所以我及早打开洋伞站在大门外时，并没有惹人生疑。

整个热海市变得一片白茫茫了，顶棚上蒙着薄雪的汽车轧着石子路进入前庭。我走过去打开车门。

先下车的是上次来过的那位普通商界人士，他动作粗暴，致使车子几乎歪斜过来。他一下车就把皮包交给我，自己先咚咚走到了前头。接着下车的是那位身穿黑色羔皮外套的女人。

女人站在雪地上，显露着美丽的侧影。

我为她张开伞。

女人轻轻点点头，向大门口走去。仅此而已。

事情到此尚未了结。

这天白天和晚上，那女人不仅没有一句温馨的话，就连一个笑脸也未曾见到。女人没有给我一分一秒的时间，她也不像上次那样，离开男人独自到庭园里去。第二天晴天丽日，阳光和煦，但女人就是不肯外出。整个白天一直锁在三〇一号室内。

我只有叫苦连天的份儿。可我也是个男人，当晚一夜未睡。第二天仍然要以冷静周到的服务送走客人。

发现三〇一号室钥匙再一次丢失，是在他们出发两小时之后。

我对这间屋子已经失掉兴趣，所以懒得及时整理。

翻遍房里的抽屉寻找钥匙，这时，我心里无意中又掠过一丝好不令人恶心的希望。

"说不定……又像上回那样。"

这次因为有了新配钥匙，我想即便丢了也不会有任何麻烦。一切又回到老样子。

两天过去了，三天过去了。

三〇一号是个很受欢迎的房间。客人来来往往，一拨又一拨，一把新配的钥匙足够了。

三天过去了，四天过去了。

后来我还是给那女人写了信。好几次，我把写好的信一遍又一遍撕毁，决心一个字也不写了。但最终还是发了一张只有几句话的明信片。

日前承蒙来我店住宿，非常感谢。今不顾失礼，冒昧拜询。不知是否将房间钥匙带走。若万一带回，请及时返还，不胜荣幸。

"她到底回信没有？"

看到说话人一时打住，不再言语，朋友随即问道。

"不，没有。等了一个月，都没有还回来。在那之后紧接着……"

帅哥侍者又说下去：

"我同现在的老婆结婚了。"

昭和二十七年一月《文艺春秋》

仲夏之死

在那豪华纷乱的夏天

我们被死亡深深震撼

波德莱尔《人工的乐园》

A浜靠近伊豆半岛，是一处尚未世俗化的优良的海水浴场。这里除了海底凹凸不平、海浪较大之外，海水清洁、浅滩辽远，很适合海水浴。这地方不像湘南海岸那般热闹，其原因完全在于这里的交通不太方便。从伊东乘坐公共汽车到这里，要花上两个小时。

　　旅馆几乎只有一家永乐庄及其用于租赁的别墅，夏天仅有一两片芦席搭成的小店，把沙滩给丑化了。洁白而又丰厚的沙滩十分漂亮，海滩中央有一座长满松树的岩山，很像假山，好似人工堆砌的一般，紧挨着海面。逢到涨潮，海水一直浸润到这座岩山的半山腰。

　　海岸风景美丽。西风吹来，驱散了海上的雾霭，海里的岛屿历历在目。大岛很近，利岛很远，其间，还可以看到鹈利根岛这个小型的三角岛。南边，微微突起的七子山尖端的对面，同样是万藏山深深扎入海底的界之岬，再向南就和称作"谷津的龙宫"的地岬——爪木崎相毗连。到了夜晚，南端可以看见旋转灯塔的灯光。

　　生田朝子在永乐庄的房间里睡午觉。她是三个孩子的母亲，她穿着一件淡红色亚麻布连衣裙，双膝从那略嫌短小的裙裾下面露出来，从她的睡姿上，根本看不出是一位儿女绕膝的母亲。肥硕的素腕，毫无倦容的脸蛋儿，微微翘起的嘴唇，尽皆洋溢着一种稚气。天气炎热，她的额头和鼻翼渗出了汗珠。苍蝇嗡嗡地低声鸣叫，灼热的大气像揭开的蒸笼。午后风已停息，人也慵懒起来，她穿着淡红裙子的柔软的腹部，随着呼吸一起一伏。

旅馆的房客大都到海滩去了。朝子的房间在二楼，窗下边有漆成白色的儿童秋千架。四百坪的草地上，有白漆椅子，有桌子，有套圈用的台子，藤圈儿胡乱地扔在草地上。院子里没有人，偶尔有迷路的蜂虻闯进来，羽音转而被树篱笆对面的波涛声淹没了。篱笆外面是松林。这里径直连接着沙滩，一直延伸到海面。一条河水从旅馆地板底下穿过，流向大海。每天下午，浑浊的入海口一带，放养着十四五只鹅，嬉戏觅食，争相发出刺耳的啼鸣。

朝子有三个孩子，六岁的清雄是老大，加上五岁的启子和三岁的克雄。三个孩子都由丈夫的妹妹安枝陪伴着到海边去了。朝子睡午觉的时候，将孩子们一律交给可靠的安枝看管。

安枝是老姑娘。女儿出生时，朝子一人照料不过来，她和丈夫商量，把安枝从乡间小镇接到了东京田园调布的生田家。安枝耽搁了婚期，也没有什么特别的因由，她虽说品貌一般，但也决不算丑陋，漫不经心拒绝几门提亲之后，不知不觉就过了结婚的年龄。她羡慕哥哥，想到东京生活，可家里想把她许配给乡间有钱有势的人家，嫂子的邀请正好帮了她的忙。

安枝虽然不很聪明，但心眼儿特好。朝子比她年纪小，但她管朝子叫姐姐，时时不忘维护她。一口金泽的家乡话，听起来也不算刺耳。她一面帮忙照料家务和孩子，一面跟哥哥学习裁剪西服。最近，她自身的衣服不用说了，就连朝子和侄儿侄女的制服也由安枝一手包办。有一次，她在银座从橱窗里看到一种新款服装，立即掏出小本子描画下来，受到店员的苛责和抱怨。

安枝穿着新款式的绿色游泳衣到海边去。只有这件衣服不是自己做的，是从店里买的。她生在北方，着意保护着自己雪白的肌肤，身上几乎看不出一点儿日晒的痕迹。她从水里一上来，就立即钻进太阳伞底下。三个小孩子在海边用沙子堆城墙玩，她也高兴地捧起含水的沙子，滴沥在光洁的大腿上。沙子很快干了，贝类微细的碎片闪闪发光，大腿上静静显现出灰黑而奇异的纹路。也许被一种莫名的恐怖所驱使，她连忙用手划拉掉了。半透明的小海虫打沙子里钻出来，立即逃走了。

安枝将双手支撑在身后，伸展着两腿眺望海面。天边涌起了浓云，天空笼罩在无限威严的静寂之中。周围的喧闹和海浪的轰鸣，仿佛被辉煌的云层尽收于庄严的沉默之中了。

盛夏酷暑，灼热的太阳光满含愤怒。

三个孩子筑沙城，玩腻了，踢踏着海边的浪花奔跑起来。看到这番情景，安枝从独自一人乐此不疲的安逸世界里猛醒过来，站起身去追赶孩子们。

然而，孩子们都不敢冒险，他们害怕汹涌的波浪。飞溅的海涛奔袭而来，又随即退回去，每次都卷起浅浅的缓慢的旋涡。清雄和启子手拉手站在齐胸的海水里，周身抵抗着海水退去的引力，以及脚底板周围流沙的冲力，心情快活地睁大双眼看着这一切。

"看呀，就像有人拽着一样。"

小哥哥说道。

安枝来到他们身旁，叮嘱说切不可到水深的地方去。她指指留在岸边的克雄，"怎么好把弟弟一个人放下不管？赶快到岸上去玩。"清雄和启子根本不听。清雄正用脚底板体验着海底流沙被水冲走的神秘的快感，看看和他手拉手的妹妹，嘻嘻笑了。

安枝害怕阳光，她看看自己的肩膀，又看看露在游泳衣上面的前胸，洁白的皮肤使她联想起家乡的雪色。她悄悄用指尖儿捏捏上面的胸肌，温馨的皮肤使她绽开了笑容。她伸展着几只手指，发现指甲里藏着黑色的沙粒，心想回家后该剪剪指甲了。

看不见清雄和启子的踪影。安枝想，或许他们到岸上去玩了。

向陆地一看，只有克雄一人站在那里。克雄指着这边，哭丧的脸上带着异样的表情。

安枝猛然一阵剧烈的心跳，她看着脚边的海水。海浪又退了，两米之外泛着泡沫，她发现一个灰白的小小的胴体，在海水的冲击之下，不停地翻转着。她一眼瞥见清雄蓝色的小裤衩。

安枝的心脏更加激烈地跳动起来。她像一个走投无路的人，默默地带着绝望的表情向那里奔去。这时，一个浪头意外袭来，阻挡着她的进路，在她的眼皮底下炸裂开来，扑打着她的前胸。安枝倒在波涛里，她的心脏麻痹了。

克雄大哭，附近一位青年听到哭声跑了过来，接着又有好几个人踢着水波跑进海里，被搅起的海浪，在他们黧黑的裸体周围散放着灿烂的水花。

有两三个人亲眼看到安枝倒了下去，他们以为她会很快站起来，所以没怎么在意。不过，对于这件意外的事情，人们有着一种预感，尽管救援者跑过来时依然将信将疑，但大伙一致感到，那位倒下去的女子恐怕凶多吉少。

安枝的身子被拖到灼热的沙滩上，她半睁着眼，紧咬牙关，仿佛依然凝视着横在眼前的那番恐怖的情景。一个人捧起她的腕子为她切脉，脉搏停止了，似乎处于昏迷状态。有人认识安枝，他说：

"哦，这女子是永乐庄的房客。"

大家找人去叫永乐庄的老板。村中一位少年对这件光荣的差事十分积极，唯恐被人抢去，飞速越过灼热的海滩，直奔永乐庄跑去。

老板到了。他是一位四十光景的男子，身穿白裤和白色运动衫，腰间系着到处开线的毛织围裙。他主张要先抬到旅馆以后再实行急救，也有人表示异议。经商量，两个青年一前一后抬着安枝迈开了步子。先前躺过的海滩留下一片人体般大小濡湿的沙子。

克雄哭着跟在后头。有人看到了，马上把他背起来。

午睡中的朝子被人叫醒，老练的老板缓缓摇动着朝子，她抬起头问什么事。

"听说，那位安枝姑娘……"

"安枝，她怎么啦？"

"眼下，大伙正在抢救，医生马上就到。"

朝子霍地跳起来，连忙和老板一起跑出了房间。她看到院子草地的一角里，安枝横卧在秋千旁边的树荫底下，一个光着膀子的男子骑在她的身上。原来正在施行人工呼吸。一侧堆放着搜集来的稻草以及拆散的盛橘子的板箱，两个伙计正焦急地点着火。火焰立即被浓烟吞没了，昨夜经大雨淋湿、尚未晾干的木板怎么也着不起来，烟雾不时向安枝脸上飘散。另一个男子不停地用团扇为安枝驱散烟雾。

安枝由于正在施行人工呼吸，下巴颏一上一下地动着，看样子像是在喘气。骑在她身上的男子的脊背，在树叶之间漏泄的阳光照耀下，爬行着一道道汗水。伸展在草地上的安枝白净的双脚，显得苍白而又粗大，似乎上半身正在进行的紧张的战斗，和这双麻木的脚毫无关系。

朝子坐在草地上连连呼喊："安枝！安枝！"

她一边痛哭一边颠三倒四不停唠叨着："她还有救吗？怎么会变成这样？我对不起丈夫。"忽然，她抬起锐利的眼睛，问道，"孩子呢？"

照看克雄的中年渔夫应道：

"啊，是妈妈。"

他把惶惑不安、噘着小嘴的克雄抱过来给她看。朝子迅疾地往孩子脸上瞥了一眼，道了声"谢谢"。

医生来了，他继续为安枝施行人工呼吸。篝火已经点燃，朝子脸上热辣辣的，她一点儿也无法思索了。一只蚂蚁爬到安枝的脸上，她用指头捻死，扔掉了。不一会儿，又有一只蚂蚁，顺着一丝剧烈摇动的头发爬到耳朵上，朝子又把它捻死了。捻死蚂蚁成了她的一项工作。

——人工呼吸连连施行了四个小时，人体开始出现僵直的征兆。医生也断念了，停下手来。尸体盖上白布，运到二楼。屋里一片昏黑，闲着的人打运送的尸体一侧穿过去，首先点亮室内的灯。

朝子疲惫不堪，心里既空虚又麻木，她也不再悲痛了。朝子记挂着孩子，问道：

"孩子呢？"

"在游艺室里跟源吾一道玩。"

"三个都在那里吗？"

"哎呀……"

人们面面相觑。

朝子推开人群下了楼。渔夫源吾身穿浴衣，克雄的游泳裤上罩着一件大人穿的衬衫，两人一起坐在长椅上读小人书。克雄对书本瞧也不瞧，一个劲儿发呆。

朝子走进来，旅馆里知道今天发生不幸事件的客人们，停下手中的团扇，一齐望着朝子。

朝子猛然在克雄身边坐下来，带着近乎凶狠的语调问道：

"小清和小启呢？"

克雄用惶恐的眼神瞧着妈妈的脸，立即啜泣起来，他吞吞吐吐地说道：

"哥哥、姐姐，咕嘟咕嘟。"

——朝子一个人光着脚向海滩狂奔而去。松林里的沙地上落下许多松针，扎在脚板上很疼。潮水涌到岩山脚下，只有翻过山顶才能到达海滩。站在岩山上眺望，沙滩一片银白，无边无际。夜晚的海岸上，只剩一顶黄白相间的太阳伞，孤零零斜插在地上。那是朝子她们家的伞。

紧跟而来的人们在沙滩上追上了朝子。她拼命在海岸边奔跑，有人抱住她，她一把将那人推开，说道：

"你们不知道吗？海里有我两个孩子啊！"

跑过来的人群中，好多人没有听到过源吾的话，所以他们以为她发疯了。

救护安枝的四个小时里，没有一人发现朝子两个孩子不见了，这件事情说起来很难使人相信。旅馆的人们经常看到三个孩子一块儿玩耍；再说，做母亲的，不管如何颠狂，竟然没有及时觉察自己两个亲生孩子的死，实在有些说不过去。

但是，某一桩事件立即会引起群体性的心理波动，不论谁都只能抱着与大家相同的单纯的想法，很难有人超出这种想法之外，也不会提出另外不同的看法。由此推断，从午睡中醒来的朝子，毫不迟疑地接受了众人的想法。

整个夜晚，A浜每隔几米就点燃一堆篝火，每隔三十分钟，青年们就潜到水底寻找尸首。朝子直到天亮都没有离开海岸，也许她太悲痛了，也许她睡足了午觉，再也难以入睡了。

天亮了，这天早晨，和警方商量后，决定停止使用拖网打捞。

太阳从海滩左面的地岬上升起，晨风扑打着朝子的面颊。她害怕这早晨的太阳。阳光清清楚楚照亮了整个事件的真相，从而将这桩事故变成现实。

"你应该回去睡一会儿。"一位老人劝道，"一旦找到，会叫醒你的，快去歇着吧，这里的事交给我们好啦。"

"去休息吧，去休息吧。"彻夜未眠的老板，红着眼睛说，"碰到这种不幸，夫人万一再病倒了，东京的先生还不知会怎样呢。"

朝子害怕见丈夫，那如同见到这桩案件的审判长。可是迟早要见面的，躲也躲不开。随着时间一点点接近，简直就像再次面临一件不幸的事情。

朝子终于下决心发电报，这回她有理由返回旅馆了。因为从她那昂奋的情绪上看，仿佛指挥这么多潜水员的任务都落在她身上了。

半路上，朝子回头看了看，大海一片平静，接近陆地的水面闪耀着银白的光芒，鱼儿在跳跃。看来，蹦跳的鱼儿陶醉在无限的欢乐之中，而自己却陷入了不幸，朝子实在感到不平。

丈夫生田胜三十五岁，外语系毕业，从战前起一直在美国人的公司上班。他英文很好，工作出色。他虽说寡言少语，平时看不出来，但非常能干，现在担任美国汽车公司驻日经销店经理。他开的都是公司的样板车，月薪十五万日元。此外，还可以支取一笔机密费，全家人包括朝子、安枝、孩子以及女佣，过着小康的日子，根本没有必要一下子减损三口人。

出了这种不幸，朝子不打电话而是拍电报，是因为害怕直接和丈夫对话。然而，按照郊区住宅区的习惯，发到邮电局的电报，在胜正要去上班的时候，用电话通知到了家中。他以为是公司有事，随之轻松愉快地拿起餐厅桌子上的听筒，压在耳朵上。

"A浜有加急电报来。"是邮局女职员的声音，他心中立即涌起不安，"要读电文吗？安枝死，清雄、启子下落不明。朝子。"

"请再读一遍。"

又读了一遍，只听到"安枝死，清雄、启子下落不明"，胜就焦急起来，犹如思想上毫无准备地突然接到解雇书一样，他甚感愤怒。他放下电话，怒火中烧，心里乱糟糟的。

开车去公司上班的时间到了，他即刻向公司打电话请假，打算驾驶私人汽车到A浜。但是，自己眼下心神不定，要开车走这么远的路程，实在没有把握。最近胜出过一次车祸，所以还是应该乘火车到伊东，再从伊东乘出租车去那里。

这样的突发事件，闯入一个人的心中直到占据一个位置，需经过一个奇妙的过程。事情的性质如何不得而知，但外出的胜首先要准备一笔不小的资金。办事情总是要花钱的。

为了及早到达A浜，胜乘出租车去了东京站，此时他就像一名警察，什么也不想，一门心思直奔现场。较之想象，他更热衷于推理，对于这样一桩同自身有重大干系的事情，自己竟然充满好奇，他不由一阵颤栗起来。

在这种时候，我们受到平素被疏远的不幸的报复。所谓幸福，日常尽管和我们形影不离，但这种时候却不起任何作用。我们总是对久久未见的不幸感到如此陌生。

"可以打个电话来嘛，看来她害怕和我对话。"作为丈夫的胜，凭直觉做出了正确的判断，"但眼下最要紧的是，无论如何，自己都必须亲自去看看。"

他透过出租车的窗户，看到了接近东京都中心的景色。盛夏时节午前的大街上，穿着白色衣衫的杂沓的人群，更使人感到目眩。街道树的浓荫直接落在地面上，旅馆大门红白色的漂亮的凉棚，仿佛支撑着一枚厚重的金块，吃力地遮挡着直射的酷烈的阳光。修了一半的道路，挖掘上来的泥土已经晒得变了颜色。

胜的周围完全是个平常的世界，那里什么事也没有发生。假若他愿意，他还可以相信自己也没有发生任何事情。胜像个孩子，他感到一种莫名其妙的不满。他不满在远离自己毫不知情的地方，突然发生了这种事，而自己一个人却被撇到了一边。

谁都知道，从热海换车去伊东，乘湘南电车最便捷。因为是平日接近中午的时刻，所以找座位并不难。

胜是外国公司的职员，已经养成习惯，大夏天也打领结，穿外套。汗味儿被男人用的香水味儿驱散了，但胜依然感觉汗水不住流到背上，顺着胳肢窝和腹部向下淌。

　　他想，这么多的乘客当中，没有人会像自己这般不幸的了。这一想法，使胜立即觉得自己不再是平日的胜，而变成另外一种人格了，尽管他不知道变高还是变低了。他如今是个特别订做的人，有着不同的规格。这样的意识，胜从未有过。他是地方豪门家庭的次子，住在如今已经去世的伯父家里，从初中时代起就在东京上学，由于生活优裕，他从未尝过寄人篱下的滋味。战时在情报站工作，被免除服兵役。娶东京良家女子为妻，分家后单独过日子，战后又找到一份特别满意的工作。他虽然承认自己是世界上那种机遇最好、又很有才干的人当中的一员，但他从来没有精英人种的优越感和自负心。

　　他的背上长着一颗大黑痣，无疑，他经常在人面前感到一种想高声大叫的冲动：

　　"诸位，你们一点儿都不知道吗？我的脊背有一颗葡萄色的大痣啊！"

　　同样，胜也想面对众多的乘客大声吼叫：

　　"诸位，你们一点儿都不知道吗？我的三个孩子中，有两个孩子，还有我的妹妹，他们今天全都死啦！"

　　到了这种地步，胜才骤然气馁起来。他只希望孩子能够平安无事。电报里所说的"清雄"莫非不是清雄而是"今天"吧？①神魂颠倒的朝子，也许把一时迷路的孩子当成是下落不明了吧？说不定家里现在已经来了更正的电报？胜完全沉浸在自己的思绪之中，他感

————————————
① 日语"清雄"和"今天"发音近似。

到自己的反应比事情的本身更重要。他很后悔，当时应该向永乐庄打个电话，问清楚事情的真相才是。

伊东站前广场布满了盛夏的阳光。广场上有一间像派出所似的小小木板房，是出租汽车营业处，太阳毫不客气地照耀着室内。墙上贴着几张发车表，边缘都被晒得卷成了卷儿。

"到A浜要多少钱？"胜问道。

"两千元。"一个脖子上围着毛巾、头戴制帽的男人回答道。不仅如此，不知是出于亲切还是好管闲事，他对这位顾客多说了一句："要是没有急事，还是乘火车划算。"

"我有急事，说是家里人死了。"

"哦，刚才还听说呢，A浜淹死的原来是先生您的家人？真可怜，一个女的，两个孩子，一下子全完啦。"

胜被毒花花的太阳照得有些头晕。其后便一直沉默，直到车子到达A浜，他都没跟司机搭一句话。

伊东至A浜的公路，沿途没有什么美丽的景色。开始一段，车子只是在尘埃飞扬的山道上上下下，几乎看不到大海。逢到路面狭窄，需要和对面驶来的公共汽车错车，一侧的半开的玻璃窗就会擦着树枝树叶，发出咻咻的响声，就像落荒而逃的鸡扑打着翅膀。胜的那件裤线笔挺的西装裤的膝盖上，无情地撒满了粗粒的沙尘。

如今，胜正为自己第一眼见到妻子应采取什么态度而苦恼。会有什么"自然的态度"吗？他怀疑。也许不自然的态度才是自然的吧。

车子接近A浜了。一位担着装满鳑鱼的鱼篓的老渔夫，站在满是尘埃的草丛里为车子让路。渔夫的额头被夏天酷烈的太阳晒黑了，一只眼睛浑浊得像是得了白内障。他似乎是打中马海滨的钓鳑场来的。夏天，这一带出产鲹、鸡鱼、乌贼、平目鱼，还出产橙子、蘑菇和乳酸橘。

车子开进永乐庄古老的黑漆大门，一靠近停车处，老板就呱哒呱哒趿拉着木屐过来了。胜反射般地将手伸向钱包。

"我是生田。"

"您受苦啦。"

老板深深埋下头来。胜先给司机付了车费，然后向老板行礼，往他手里塞了一千元钞票。

朝子和克雄搬到安枝停灵的隔壁房间了。安枝的遗体已经入殓，棺椁里填满了从伊东运来的干冰，只等胜一到就举行火葬。

胜抢在老板头里推开房间的隔扇，正在午睡的朝子从被窝里一骨碌爬起来，她没有睡着。

朝子头发蓬乱，穿着旅馆的浴衣，前襟散开了。她像女囚一般合上前襟，神情奇妙地打坐着。她动作麻利得吓人，仿佛早已准备好了似的。接着，她向丈夫倏忽瞟了一眼，立即扭着身子哭起来。

当着老板的面，胜不愿将手伸到妻子的肩头，他比被别人看到闺房隐私还要难受。他脱掉上衣，寻找着衣架。

妻子注意到了，她站起身，从横木上拿来一只青漆衣架，从丈夫手里接过汗湿的西服挂起来。听到妈妈的哭声，克雄睁开眼来，他还不想起床，胜便在儿子旁边盘腿坐了下来。他把克雄抱到膝头上，仿佛抱起一只布娃娃，使人不敢相信。他大吃一惊，孩子为何这么轻？他感到好像抱着一件东西。

"对不起。"

妻子伏在屋角哭着说。这是胜最想听到的一句话。

老板在他身后也一边流泪一边说道：

"请原谅我多嘴多舌，先生，还是请您不要责怪夫人了。出事时，夫人正睡午觉，她实在没有料到啊。"

眼前这番情景，胜觉得好像在哪里读过或亲眼看过。

"我知道，我知道。"

他态度上宛若照着一定的规矩，说着站起身来，抱着孩子走到妻子身边，将手搭在她的肩膀上。那动作显得很轻松。

于是，朝子哭得越发厉害了。

——第二天，两个孩子的遗体被发现了。警防团员一起出动，全部潜到水里，将整个海滨细细搜了一遍，最后发现沉在万藏山山脚的水底下了。尸体上爬满了小小的水虫，有两三条水虫钻进了孩子的小鼻孔里。

这件事情确实超越了因袭，但是逢到这种时候，更加需要遵照老习惯行事。他们夫妻没有忘记，这时更应当互相体贴，多给对方些关怀和安慰。

不论什么样的死，死总是一种事务性的手续。他们甚为繁忙，作为一家之主的胜，应负的责任几乎使他无暇悲伤，这样说并不为过。在克雄眼里，看到这种迷惑不解的祭祀，仿佛大人们每天都在演戏。

总之，一家人好歹忙完了这件繁杂的事务。香奠品也很多，有着生活能力的家长活下来了，比起家长死了收到的香奠品要多得多。

胜和朝子的确感到他们自己"精神紧张"。朝子近乎发狂的悲哀为什么能和紧张的精神共同存在呢？她自己也弄不明白。每天吃饭总是阴沉着脸，不管好吃歹吃，只管埋头扒饭。

朝子苦恼的是，金泽的公婆到东京来了，他们到东京好容易赶上了安枝的葬礼，朝子头疼的是，要一遍又一遍说"对不起"。与此相反，她却用蛮横的态度对待自己乡下的父母。

"你们看谁最可怜？失掉两个孩子的我最可怜，不是吗？可是大家还是暗暗地责怪我，似乎一切罪过和责任都在我，我不得不到处磕头、忏悔。人人都把我看做是稀里胡涂让孩子掉到河里的小保姆。其实，那不是安枝干的吗？安枝死了，她倒讨便宜了。我才是个受害者，为何没有人给予理解和同情呢？我可是死去两个孩子的妈妈呀！"

"这是你的偏见，有谁这样看你了？生田家的婆婆不是哭着说了吗？朝子比任何人都值得同情。"

"那只是口头说说罢了。"

朝子一个劲儿感到忿忿难平，就像一个怀才不遇、明珠暗投的人，不明不白遭到了贬黜。尽管她饱尝悲痛之苦，具有不合乎情理的权利，但她还是面对婆母连连道歉。她这样做，连自己都感到不满。这种一味放纵的浑身烦躁不话的焦虑和愤激，都被她用来抛向自己生身母亲的头上了。

朝子没有意识到，她对世人感情的贫乏感到绝望。不管是死了一个人，还是死了十个人，除了一样流泪之外，再也无法可想，这不是很不合理吗？流泪，痛哭，这是什么感情表现的标准呢？她自己在别人眼里，究竟是怎样一个人呢？再把眼光转向自己内心，这种无与伦比的伤痛的实质，是那般暧昧、模糊，她由此又感到另一种绝望。

朝子没有倒下来，她自己也很惊奇。大热天里穿着丧服，站了一个多小时没有倒下，这是个奇迹。当她一阵阵觉得眩晕的时候，胁迫她使她重新站稳脚跟的，是那新鲜的无可名状的死的恐怖。"我可是个比想象中更坚强的人啊！"朝子回头看看自己的母亲，哭丧着脸说道。

　　朝子发现，自己对安枝的死一点儿也不觉得悲伤了。善良的朝子，对此丝毫不感到憎恶，不过，也有一种近似憎恶的情绪，原因是四个多小时只是一味想着安枝的死，因而忘记了孩子们的死。

　　丈夫和公婆谈论着安枝的死，对这个一直没有出嫁的可怜的女儿的死，流下了眼泪。朝子对丈夫多少有些憎恶。

　　"孩子和妹妹，究竟哪个更重要？"

　　——她在心里犯起了嘀咕。

　　朝子确实紧张起来了。守灵之后，该睡的时候也不睡。但一点儿也不感到头疼，脑袋反而越来越坚强、越来越清爽了。

　　吊唁的人们不断叮嘱朝子注意身体，一次，她厌烦之余，竟然说道："至于我的身体，您就甭管了，是死是活还不都一样？"

　　自杀，发疯，和她如今的心境相去遥远。有克雄在，就是朝子继续活下去的最正当的理由。当她看到克雄央求身穿丧服的客人们轮番为他读小人书的时候，心想，当时幸亏没有自杀。当然，这种心情也可以认为是，原有的勇气已经堕落为卑怯，原有的热情也转化为心灰意冷了。一个晚上，她依偎在丈夫怀里，用小兔一般无垢的眼睛，望着台灯散射出来的浑圆的光环，并非有意诉说地一遍又一遍重复道：

　　"还是怪我不好，我实在太大意了。千不该万不该，我不该把三个孩子托付给安枝啊！"

她的声音显得很空虚，似乎面对高山等待着反响。

胜很清楚，妻子的这种深沉的责任感意味着什么。她等待的是一种刑罚，如今的朝子，可以说已经变得贪得无厌……

过了"二七"，夫妻身边好容易又回到正常的生活之中。许多人劝她带着孩子出去疗养，以便使身心得到恢复。朝子害怕大海、高山，也害怕温泉。"祸不单行"，她被这种迷信心理降服了。

夏季的一天晚上，朝子带克雄去银座，这时的银座已是黄昏，她和丈夫约好了，等他下班后一起去吃晚饭。

这个时期，克雄不管向妈妈要什么，都能得到满足，从没有一次例外。父亲母亲简直好得有些可怕。他们对待孩子，就像对待一件玻璃玩具，处处小心翼翼，通过电车道时胆战心惊，妈妈眼瞅着停在斑马线一侧的客车和轿车的一排车轮，像望着敌阵一样，手揽克雄一阵风地跑过去。

商店橱窗卖剩下的游泳衣威胁着朝子的眼睛。尤其是那件绿色的游泳衣，和安枝的一模一样，穿在一个模特儿身上。她只好低着眉从前边走过。刚一走过去，她又想，那模特儿似乎光有身子，没有头颅；或者说有头颅，就像安枝尸首上的那张脸孔，藏在又湿又乱的头发里，紧闭着双眼。所有的模特儿仿佛都是模仿土左卫门[①]做成的。

朝子巴望夏天快些过去。"夏天"这个词本身就使人联想到"死"和"糜烂"。晚夏明丽的霞光，也含着糜烂的火红。

---

① 成濑川土左卫门是江户时期的力士，因其身形肥大，世人便将溺水而死之人肿胀的尸体戏称为"土左卫门"。

距离约定的时间还早，母子二人便走入了百货商店。再有三四十分钟就关门了。克雄要买玩具，朝子带他来到三楼，朝子急匆匆从出售儿童游泳衣的店面前穿过去，妈妈们正在那里睁大眼睛挑选折价处理的儿童游泳裤。一位母亲挑了一件小号的蓝色游泳裤，对着窗户外的夕阳高高举了起来。阳光照在金属扣子上，发出刺目的光亮。朝子觉得，这些做母亲的，都在眼睁睁挑选丧服。

克雄买了积木，又想到楼顶上玩。楼上花园很凉爽，强劲的海风刮得遮阳棚哗啦哗啦响。

透过铁丝网可以望到都市的远方，胜哄桥和月岛栈桥以及港湾里停泊着众多货船。

克雄离开妈妈的手，站在猴笼前。朝子看到后把克雄搂在怀里站在一旁。也许是刮风的缘故，猴笼很臭。猴子皱着额头，带着认真的神情盯着他们母子。猴子一只手精心捂着屁股，跃到别的树枝上了，朝子看见它那颇显老成的小脑袋旁边，两只脏污的小耳朵上布满鲜红的血管……朝子从未这样仔细地观察过动物。

笼子一侧有个中央不出水的喷水池，砖砌的池子周围的花坛里，生长着太阳花。一个和克雄年龄相仿的孩子，踩着砖头走路，看不见他父母的影子。

"要是掉进去就好了，掉进水池淹死他！"

朝子聚精会神地望着那个男孩儿晃晃悠悠的脚步。孩子没有掉进去。他走了一圈儿，发现有人热心地看着他，瞅着朝子得意地笑了。朝子没有笑，她觉得那孩子在嘲笑自己。

——她抓起克雄的手，急匆匆走下楼顶花园。

吃饭的时候，朝子打破长时间的沉默，说道：

"看来，你很快活啊，好像一点儿也不难过。"

胜很愕然，他环顾一下周围的客人。

"你哪里知道，我一直努力想使你有个好心情，为此我费尽心机。"

"你用不着特别为我操心。"

"你太固执了，不能给孩子的心灵留下暗影啊！"

"反正我是个不合格的母亲。"

这顿晚饭吃得毫无滋味。

面对妻子的悲叹，胜时时感到很被动。男人有工作，上班时可以暂时分散情绪。这期间，朝子却不断培育自己的悲伤。胜一回到家，就得一味附和她的悲叹。所以，胜很晚回家就是这个道理。

朝子叫来过去的女佣，将身边所有的清雄和启子的衣服、玩具都给了她。女拥家里正好有年龄差不多大的小孩子。

一天早晨，朝子稍微睡过了头，醒来后发现丈夫团着身子躺在双人床的一角。他昨晚喝醉了，回家很晚，床上到现在还蓄集着醺醺的酒气。丈夫骨碌翻了个身，床垫里的弹簧发出了吱吱嘎嘎的声响。孩子就只剩下克雄了，虽说不怎么好，朝子还是把克雄睡的儿童床，搬到楼上他们夫妇的卧室里了。透过双人床上白色的蚊帐和克雄的蚊帐，可以看到孩子一呼一吸的睡脸。这孩子睡觉时好噘着小嘴儿。

朝子从蚊帐里伸手拽住窗帘绳子，结实的麻绳结子，攥在她早晨灼热的手心里，凉津津的好舒服。帷幔打开了，窗前的青桐叶子承受着从下面射来的光芒，绿荫重合，一簇簇宽阔的叶子，看起来越发柔润了。鸟雀欢噪。这些麻雀每次都是这样，一大早醒来就聒噪不已，然后分成几列飞向屋顶，从导水管这头走向那头，然后再从那一头走回这一头，不住传来细碎而坚实的爪音。听着听着，朝子不由地笑了。

一个恩惠很深的早晨。这种感受虽然缺乏根由，但又不得不如是想。她的脑袋枕在枕头上一动不动，幸福之感流贯了全身。

此时此刻，朝子不由一惊，她不明白为何会被一种愉快的情绪所唤醒。今朝第一次没有梦见死去的孩子。本来每天晚上一次不落，但昨夜却没有再做那种梦，她做的是一个轻松而又荒唐的梦。

她想到这里，立即觉得自己如此健忘和薄情是很可怕的。作为母亲是不该有这种忘却和薄情的，为此她向孩子们的亡灵哭着忏悔。胜醒了，看到身边的妻子正在哭泣。她那满是泪水的脸上，代替冷酷的是一副平和的神色。

"又在想什么了吧？"——丈夫说道。

"嗯。"妻子懒得说明，只是虚应了一声。

既然自己说了谎，丈夫却没有和她一同流泪，这使她很不满。要是看到丈夫流泪，那就说明他相信了她的谎言。

这样一来，朝子渐渐怀疑起来，难道他们夫妻就应该遭遇这样的惨祸吗？事情虽说完全出自偶然，但越是偶然，就越觉得他们不该有此不幸。想到这里，她认为要将这件事情原封不动留在记忆之中，凭他们的努力是无法做到的。他们也应和世人一样，实实在在把这件事情彻底忘掉，不是吗？

但是，朝子随着这种脆弱心理的产生，极力回忆自己曾经对老人们"万事由天定"这句劝慰的话抱有的强烈的逆反心理。她反省自己，为何会那样反感？为何会那样愤怒？抑或当时，朝子怕的就是认命。对于死者，我们还有更多的事情要做，悔恨是愚蠢的。一味埋怨这也做了那也做了，这是无济于事的。当然，这也是对死者最后的人力的奉献。我们总是希望，尽可能长久地将死挽留在人为的事件、人性的戏剧范围之内。

朝子尽情品尝着悔恨的苦恼，而且，她对悲哀和眼泪这种贫乏的表现力感到绝望。但她并不打算就此断念。在这段时间里，她的认命心理，来自另一角度对这件事情的极其强烈的怀疑。她总觉得那件事情包含着虚假，有很值得怀疑的地方。那似乎是对他们全家安泰生活的冒渎，对所有幸福的恶意的袭击。那次事故不同于一般的死亡与凶杀案件，有着根本的非人性的因素。由此看来，那次事故不是一开始人就显得无能为力、自始至终未曾有过一次人世事件的迹像吗？……

她还明明知道另一种恐怖，那就是她觉得自己的眼泪和悲伤只不过是一种徒劳。夏天就要结束了，一直巴望夏天早些过去的她，如今对此又感到别一种恐怖。夏天一旦过去，一年之中，再也没有人品味夏天了。朝子也许不再感到夏天的存在，甚至不再感到那件事情的存在……

那么，胜呢？他的性格认为凡是自己不理解的东西都不存在。同平时的他多少有些不同的是在去A浜的车上。其后，他从报纸上读到关于自己一家的报道，除安枝的年龄相差三岁之外，总的看来还算措辞适当，这使他很感激。他的悲伤几乎不需要任何理由，这个十分健壮的男子，有着一种如饥似渴的悲叹。这种悲叹只有痛哭流涕才能得到解决，犹如饱餐一顿方可使食欲获得满足。

胜的虚荣心明显超过朝子，在别人眼里，他爱扮演一个不幸的可怜的父亲形象。像他这般有本领、有生活能力的男子，竟然也遭际如此的不幸，不仅可以有效地减少人们的嫉妒，还能构成强者的弱点这种罗马风格的魅力。

他发现妻子悲哀的方式是她的特权，于是为了对抗，他出去喝酒，很晚才回家。但是，不管到哪家酒馆都喝不出什么味道，自己内心有这样一位立见成效的证人，给了良心以安慰。拼命喝这种不醉人的酒，有一种自我克制的快乐。

保证克雄不缺玩具，这是胜近来的习惯。克雄也变得奢侈起来，要什么都能得到满足。不过这样一来，连他自己也不知要什么好了，每每问起来，经常是一副茫然的眼神。到头来，他什么也不想要了。于是，做父母的忘掉了自己的粗心大意，反而担心儿子是不是病了。

"七七"忌日过去了。夫妇两个在多磨墓地买了一块地。这是自己的小家庭初次在这里建造坟茔，最初的死者将埋在这里。安枝也被安排到阴间陪侍两个孩子，所以也葬在同一个地方，这事已经由胜和家乡父母商量妥了。

悲痛和朝子的恐惧正相反，一天比一天加浓。夫妇二人决定带孩子一起到墓地看看新买的那块地。时令已经是初秋了。

三年多了，说真的，他们夫妇之间还从未有过一件正儿八经的事情。悲叹使他们二人各具特色，变得认真起来。一起外出时，尤其如此。在第三者看来，这正是夫妇的共同点，也是夫妇的纽带，因而也会认为，胜和朝子一定是规规矩矩互相爱慕而结成的夫妻。

这一天实在是个好天，暑热已经被远远地赶到天外去了。

在我们意识层面上，记忆常常使时间并行和重叠。这一天，朝子已经两次体验了这个不可思议的作用。这也许因为当天的空气和阳光十分清新、明净，连朝子内心无意识的角落都充满阳光，呈现半透明状态的缘故吧。

那件事情两个月之前，胜出了一次车祸，没有造成伤亡。事故发生后，朝子带克雄出门，决不乘丈夫的车子。今天两人结伴，胜也只好一起乘坐电车。

为了换乘开往墓地的小火车，他们乘省线电车要在M站下车。当时，胜抱着克雄先下了车，朝子也跟着下来了。下车的乘客很多，临到朝子下来，车门就要关闭了。她听到身后一声尖锐的铃声，随即看了看正在关闭的车门。她几乎要叫起来，打算奋力扒开那扇关闭的车门。她仿佛觉得一同前来的清雄和启子被留在车内了。

疑惑不解的丈夫抓住朝子的腕子。她就像在稠人广众中被警察捉住手臂的女犯，怀着无所畏惧的态度看着丈夫。刹那间，她恢复了冷静，认真述说着自己的错觉。丈夫听着听着，感到很是难为情，他觉得妻子有些夸张自己的感情。

当她亲自用手、一个身段或一个现有的行为去捕捉追忆的时候，胜将这种冲动的热情当成是矫揉造作，这种感觉正当吗？朝子十分笨拙地诉说着生活中的焦灼不安。

开往墓地的古旧的小型蒸汽机车，使得幼小的克雄非常高兴。车头上有喇叭形的烟囱，脊背高得出奇，似乎穿着高齿木屐。火车司机的胳膊架在窗台上，那木质窗台被煤烟熏黑了，看上去就像木炭制作成的。机车头不住哼哼唧唧，喘着粗气，一声叹息，接着"咯吱"一咬牙，终于开始了一次郊外平凡田园的旅行。

朝子初访多磨墓地，她对这里明丽的风景感到惊讶。为了死者，竟留下如此广大的土地，如此漂亮的草坪、成排的绿树和广阔的道路。头顶上是一望无垠的蓝天，看上去令人心旷神怡。死者的城镇较之活人的城镇更加秩序井然，清新洁净。他们全家的生活本来和这里无缘，可如今却获得了进入这种地方的资格，一点儿也不觉得犯忌。

胜和朝子他们并不迷信，但一切不吉利的事件使得他们过着居丧的日子，心情上也有了一种安心感。这种生活的平稳与宁静，甚至使他们怡然自适。一家人给人的感觉，就像那种惯于死亡、惯于堕落的人一样，过着不知恐怖为何物的生活。

胜买的墓地很远，一家三口进入大门走了好长一段路，流了不少汗。他们十分好奇地看着T元帅的陵园，当瞅着墓上镶有一块代表那个时代恶俗的大镜子的时候，不由都笑了。

朝子微微听到了秋蝉的低吟，她一边嗅着绿树的清香之中荡漾而来的香火的气息，一边感叹地说：

"真是好地方呀！墓地位于这里，清雄和启子有很多游玩的地方，也不会感到寂寞的。说也奇怪，我呀，一来到这里，就觉得这种地方对孩子们的健康有好处。"

克雄渴了。道路中央有褐色的高塔，周围刻着圆形的阶梯，水流下来，染黑了混凝土阶梯的一部分。塔的中央有饮水场，钓蜻蜓的孩子们都将竹竿插在塔上，有的喝水，有的将手指头插在喷射出来的水里，向同伴们弹水，喧闹不止。水时时迸到他们身体两侧或塔外来，一瞬间化作淡淡彩虹。

克雄是个不大爱言语、说干就干的孩子。他要去喝水，谁也管不了。妈妈没有抓住他的手，克雄迅速跑掉了。"到哪儿去？"妈妈尖声喊道。"去喝水！"他边跑边回答。母亲立即追过去，从后头用力抓住他的两腕。"好疼！"孩子喊着。他一边喊一边被恐怖压倒了。他好像觉得后面有个恶魔紧紧抱住了自己。

朝子蹲在碎石子路上，让孩子回过头去，克雄看到爸爸站在稍远处的绿树篱笆前边。

"那种水不能喝，这里不是有水吗？"

母亲拧开膝头花布提兜里露出头来的水壶。

三人来到小小的自家墓地。这里背向大多数墓场，是新开辟的一个角落，稀稀落落种植着幼小的黄杨。但仔细一瞧，却也整齐划一。寄放在施主祠堂的骨灰尚未移转过来，所以还没有墓碑，只有周围拉着绳子的四坪大的平地。

"这地方一下子要埋进三个人哪！"

胜说道。

这句话并未促起朝子悲悯的回忆。竟然存在一种超乎一般事实性的事实，真是奇怪。如果一个孩子淹死在海里，谁都觉得这事可能发生，但若说是三个人，那就有点儿滑稽。要是一万个人，事情就变了。一切过分的事物都有一种滑稽感，但是大的天灾和战争就不觉得滑稽。一个人的死是严肃的，百万人的死也是严肃的，稍有过度，即为可恶。

在朝子的心里，实际上一直不知道如何掌握悲叹的尺度。为此，除了安枝的死之外，她总是把清雄和启子结合起来，作为双胞胎的死加以考虑。这种机械的努力，再次逼使她面临这种场合。自己的悲叹中有没有荡妇的不忠？她为此感到恐惧。作为一个母亲，幸福的朝子从来不知道于不自觉中所犯的偏爱的倾向，但眼下却成为这种奇妙的道德反省的俘虏。以前，她相信一个母亲的博爱，而如今却很难再让她相信此种充满悲叹的博爱。因为悲叹是最自私的感情。其结果，她越是努力想回到将清雄和启子作为复合体的悲叹的感觉上，就越是感到这种努力只能使悲叹的实体更加变得抽象起来。

"三个人！太过分啦！三个人！"——朝子叫道。

这个数字，对于全家人来说太大了，对于社会来说太小了，而且不像战死者和殉职者那样同社会有联系，他们是孤独的个人的死。朝子女性般利己的心，将永远迷惘于这谜团般的命数之中。再说胜，一个多少有些社会经验的男人，觉得用社会的眼光看待这种事情方便多了。就是说，他认为，只要不是被社会杀死的，就是幸福的。

朝子再次品味追忆中产生的时间并列的状态，是在回程时的车站前边。距离火车进站还有二十分钟，克雄想要站前小店里卖的狐狸玩具。这种玩具里头填满棉花，用火烤焦，近似狐狸的毛色，再将耳朵、眼睛和尾巴从上面吊起来。

"嗬，还有这种古老的玩具哩。"

"看来，对现在的孩子还是有吸引力的。"

"这是我小时候玩过的玩具。"

朝子从矮小的老婆子手里买过来，交给克雄拿着。她蓦地感到自己还在盯着周围的玩具。她依然还在寻找，待在家中的清雄和启子，也应各买一份适合于他们年龄的礼物啊！

　　"还干什么？"——胜问。

　　"我今天到底怎么啦？我还想给另外两个孩子也买点儿礼物呢。"

　　朝子抬起微胖的素腕，伸开手掌，顺着眼睛、面颊，胡乱抹了一把，鼻子唏嘘着颤栗起来。

　　"买吧，那就买吧。"——胜用期待的口气敦促着，"牌位上也可以供玩具的，是吧？"

　　"这样不行呀，又有什么用呢？两个人活着，买玩具才有意义啊。"

　　朝子用手帕捂住鼻孔。自己活着，他们却死了。这对于朝子来说，心里仿佛做了一件罪大恶极的事情。活着是多么残酷！

　　她再次望着站前小饭店的红旗、墓石店铺前堆积的花岗岩纯白的断面；望着楼上煤烟熏黑的障子门、屋瓦，以及黄昏时节瓷器般澄明的青空。朝子想，一切都历历在目。这残酷的生的实态，呈现着一种深邃而辽远的安然的气象。

　　随着秋深，一家人生活之中日渐加浓了安堵与平和的影像。自然，夫妇不能免除悲哀。然而，胜看到妻子情绪稳定，自己的心情也好起来，出于对克雄的关爱，他也尽量早些回家，在克雄睡下之后，夫妻两个说说话儿。哪怕是极力回避的悲伤的话题，即便有所触及，也能通过倾诉衷肠，互相寻得几分慰藉。

　　如此可怕的事件，渐渐消融在日常生活之中了。在这个过程中，自己犯下的罪过终于不露痕迹地转化为另一种夹杂着羞耻的恐怖。然而，家中少了三名死者，这种持续不断的感觉，有时本身竟然以其神秘的充实感支撑着他们的生活。

一家之中没有人发狂，也没有人自杀，甚至没有生过病。那番悲惨的事故，确实没有产生什么影响，闹出什么乱子来。这样，朝子反而寂寞了，她好像在期待着什么。

很长一段时间，看戏和各种娱乐，成为他们夫妇的禁忌。然而，无聊的朝子，从中想出一个理由——那种慰藉是专为悲哀的人们准备的。当时，美国一位著名提琴家来日，夫妻两个买票去看演出。克雄不得不留下看家，其中一半原因是，朝子打算乘丈夫的车子一道去音乐堂。

朝子化妆花了好长时间。长期以来，她头发散乱地打发日子，如今要花时间好好修饰一番才是。朝子对着镜子里化过妆的容颜审视良久，她又重新唤回了久久遗忘的快乐。这种凝视着自己面孔的忘我的欢愉，拿什么比喻好呢？她长期忘记揽镜自照的乐趣，全是由于悲叹所固有的执拗，迫使人们远离了忘我的快乐。

朝子挑选和服，挑选腰带，换了几次都不满意。最后，她选了一件江户紫的扎染礼服，扎了一条织锦腰带。这是女服中最为豪奢的装束。坐在驾驶席上等待的胜，看到走出门口的妻子美丽的姿影，他甚感惊讶。

公会堂的走廊上站满了人，妻子的装扮很是惹眼，胜高兴极了。朝子不管人家认为自己多么美丽，她都毫无满足之感。从前，只要集中这么多目光，她就会心满意足地回到家里。如今，这种无可奈何的不满足，是因为她终于明白过来，即便这种热闹的场合，也无法使自己的悲痛得到治愈。不，不是。这只不过是孩子死后，她所感到的一种不可捉摸的不满——那种没有受到和如此重大不幸相应的待遇的不满——的另一表现罢了。

朝子确实受了音乐的情绪性影响，她带着惆怅的眼神走过长廊，同熟人打着招呼。她的目光和对方所说的关切的话语十分相合。熟人给她介绍一位同行的青年，那青年不知道那件不幸的事故，因此寒暄之中没有向她表示问候，只是说了几句对提琴家稳妥的评价。

"那人实在有点儿缺乏修养。"朝子望着众人对面已经远去的青年闪亮的头发，"他没有学着别人对自己说些安慰的话，他不会没有注意到我沉闷的表情。"

那青年身个儿很高，走在人群里，突露着脑袋。他转过头笑了笑，可以看到他的眼角、眉毛和额头蓬乱的头发。和他说话的人，只能看到头当顶的头发，那是个女子。

朝子立时泛起了醋意。自己巴望从青年口中听到的话语，不是一种别有意味的话语吗？她这么一想，道德的灵魂就颤栗起来。应该说，此种心情是不合道理的。朝子对于丈夫，从未有过一次不满。

"你渴不渴？"

丈夫告别熟人，回到妻子身边问道。

"那里有卖橘子水的。"

对面售货亭前面，人们将吸管插进橘子水瓶子，里面的液体歪斜着。朝子像是个近视眼，她紧蹙眉头，疑惑不解地盯着那边瞧。她的喉咙一点不渴。她想起去墓地那天，不让克雄去喝饮水场的水，给他喝凉开水的情景。危险不仅克雄才有。那橘子水里也仿佛有人羼入谁也不曾注意到的微量毒素。

打从音乐会后，朝子又多少恢复了狂妄的享乐欲望。在应当快乐起来的意识之中，有一种近似复仇的热情。

尽管如此，她并不是立志走上不贞之路。不论到哪里，她都是和丈夫在一起，这也是朝子的愿望。

她的良心上的内疚，毋宁说是围绕死者的周围徘徊不已。那次游玩归来，女佣早已打发克雄睡了，她望着孩子的睡相，又从那副睡相上联想到失去的另外两副睡相，对于一味超拔痛苦、求得气定心闲的自己满怀苛责之情。有时，她的享乐欲望更加有助于不断促成对良心的苛责。

由于工作关系，丈夫有时要招待外国客人到高级日式餐馆去。他们又恢复了孩子出事前的习惯，迎接客人时，朝子也跟着一道去。她的应对十分得体，她本人做戏般的明朗和快活的心情，比起毫无苦恼的时候更加出色，深深打动了客人的心扉。

"你很会待客啊！"胜说。

"做戏本是社交的秘诀。大凡自己也乐意的事情，我反而显得很笨拙。"朝子说。

按计划，星期天要带克雄外出郊游，父母陪着孩子去动物园看动物。娇生惯养的孩子，容易变得自以为是，夫妻对这种危险一概视而不见。他们似乎陷入了一种错觉，将孩子未来的一切作为代偿，以保全孩子能长命百岁。教育家的理性，在他们看来是多么愚蠢。

朝子一味沉溺于衣着打扮，这使胜有点儿惊慌失措，他希望妻子用心学点技艺什么的。然而，又明明知道妻子缺乏这方面的素养。为了忘掉痛苦而热衷于别的方面，这种老一套手法，有着自欺欺人的怯懦心理。论起享乐欲，断乎没有热中。先行者是虚空，进而鞭策者也是虚空。

朝子漠然地轮番观看新的剧目和电影。丈夫不在家时，她就从有着老同学关系的闲散夫人们中寻找伙伴儿。有位夫人对少女歌剧团的某男主角演员十分迷恋，朝子一方面瞧不上眼，一方面又和她们这帮人一道儿吃饭。

那位夫人喜欢赠给男主角礼物，同时又把这种无罪的放荡当做重大秘密讲给朝子听。

她有时到后台去，男主角穿着燕尾服，侧身坐在友禅织锦的坐垫上。周围的墙壁挂着一排排第二场以后使用的西班牙风格的戏装。下面一个挨一个地坐满了戏迷。她们几乎一言不发，只是凝视着那位男主角的一举一动，大气儿都不敢出。

朝子之所以不爱看少女歌剧，是因为演员和观众几乎都是处女。像她那位朋友这样的异例也很多，但至少演员都是处女，这是毫无疑问的。

这位身穿燕尾服、扮演男主角的演员是个处女，她既未得到什么，也未失去什么。她照照手镜，用纤细的手指改改口红，一面考虑如何才能进入自己所扮演的男性角色。就像这里的观众都把她想象成男人一样，她也把自己想象成男人。于是，凌驾错觉以上的想象力形成了共感，按照宣传文章的惯例，将这种心理作用用一个"梦"字加以概括。

如今，朝子对于人生的经验与梦境的复合状态只是感到焦躁不安。她不能像一般女子那样舍弃梦境。另有一个顽固的梦，较之处女怀有的梦，更加沉重地压服了她的现实。看来，朝子更应是个"罗曼蒂克"的女人。

"孩子从自己的体内生下来。"——朝子想，"这么说，没有比失掉孩子更加残破的梦了。这里的人们没有一个懂得这个道理。"

朝子忽然想生孩子，尤其想要个女孩儿。不过，一直没有怀孕的迹象……她把启子带到镜子前面，给她化妆，打扮得很时髦，觉得很有意思。就像小猫生来爱吃鱼一样，女孩儿都喜欢涂脂抹粉。启子学着母亲，噘着小嘴儿涂口红，伸出舌头舔舔嘴唇。"一点儿也不好吃。"启子说。启子学会了"化妆水"这个词。在幼儿园里，老师拿出一束康乃馨，问她："这是什么？"她回答："化妆水。"老师在黑板上画了一把琴，问她："这是什么？"她想了一会儿，说道："是走廊。"还有，不论什么歌，她都大致记得歌名。她告诉朝子，她从年轻的海兵叔叔那里学会了一首歌，还得意地说："启子会唱《爱国灯笼曲》，也会唱《金枪鱼进攻》和《酒店之光》。"……回忆之中，朝子感到害怕，她想，本该活着的孩子也只能活在母亲的记忆里，不是吗？朝子早已失去自信，她不奢望三个孩子同时活着，她也不再对未来抱着天真而放任的态度了。为了生孩子，眼下的朝子依然在拼命地活下去。至少这种状态将持续到忘却悲伤为止……

那位夫人催促她，周围也喧闹起来，是该离开的时候了。

为了打舞台后头穿过去再回到座席上，朝子和老同学稍微动身迟了。她们夹杂在从楼梯下来的半裸的舞女群里，两个人互相走散了。朝子在白粉的香气和锦缎的窸窣声中，发现一种自己称为"享乐"的无可救药的混乱和驳杂。舞女们用简短的大阪方言互相打了招呼，就一齐涌向舞台去了。她发现有个舞女黑绸短裤上钉着一大块补钉。那一个个质朴的针眼儿，亲切地触动着朝子质朴的心胸。

她蓦然想起安枝来，想起那个学习裁剪的老姑娘，在全家生计里的重要意义。他们的家庭生活中，安枝具有关键的作用，就像文章里的一条脚注，有了她，小两口和孩子们家庭幸福中的一切无法形容的难题，自然会获得明确的解答。

穿着带补钉短裤的腰身，夹杂在众多的黑色腰身之中，消隐于舞台装置后头薄明的远处了。朝子看到那位老同学极其兴奋的面颜，为了赶在开幕前进场，她是慌慌张张跑过来的。她远远地扬着手提包，正在向朝子打招呼呢。

那天晚上一回到家里，朝子就把短裤上打补钉的事对丈夫说了，胜多少感到有点儿好色的兴趣，但他不明白妻子为何要把这种事儿告诉自己，所以只好一言不发笨嘻嘻地听着。接着，他听说妻子要学习裁剪，不由吃了一惊。女人的想法真是不可捉摸，胜很不理解已经不是这一回了。

朝子学起裁剪来了，从此她不大外出了。她打算一门心思做个家庭主妇，重新安排自己的一切。事实上，她已经决心"直接面对生活"了。

用另一副眼光看待生活，长久闲置的痕迹十分明显。她似乎从漫长的旅途中归来，有时整天收拾东西，有时又从早到晚不断洗衣服。那位中年女佣被夺去了活计，自己不知如何是好。

朝子从鞋箱里找出清雄的鞋子，找出启子浅蓝色的小皮靴。这些令人伤心的遗物，有一段时间，使得不幸的母亲久久陷入沉思，整天流着畅快的泪水。然而，朝子还是觉得这些遗物不吉利，所以，她再也不敢保存克雄能穿用的东西了。朝子怀着崇高的心情，经和热心于慈善事业的朋友联系，将这些东西一概捐献给孤儿院了。

朝子不住踏着缝纫机，克雄的衣服一天天增多起来。除了裁剪衣服，她对缝制时髦的帽子也很着迷，但她实在无暇专注于这一点上。朝子踏着缝纫机，她忘记了悲痛。这机器的响声和单调的运动，搅乱了感情不规则的起伏和缓慢的音律。

这种用机器封闭自己感情的精神体操，朝子过去为何没有试行过呢？真是奇怪。不过，事实上，正是在机器扼杀感情的过程中，朝子的心才像从前一样，回到了无所抵触的时期。有一次，缝纫针刺伤了手指，一阵疼痛之后，血液慢慢涌流出来，胀大成鲜红的血滴。朝子害怕了，她觉得这种疼痛是和死亡连在一起的。

于是，她心里充满感伤，心想即便这次小小的奇祸招致死亡，也是神灵的安排，她可以追随孩子而去，所以，她只顾热心地踏着缝纫机。谁知，安全的机器再没有刺破手指，更没有将她扼杀的迹象。

……即使在这种时候，朝子并未因此而心满意足，她依然在期待着什么。这种无意加以说明的期待，成了迁怒于丈夫的借口，两个人一天都不讲话，夫妻暗暗在较劲儿。

冬天来临了。墓已建成，手续告一段落。

冬季寂寥，总是使他们怀恋夏天。夏季可怖的回忆，给他们夫妻生活投下更加鲜明的影像。然而，这些回忆近似传奇故事。冬天坐在被炉或火炉旁边，一切都无可避免地蒙上一层传奇故事的色彩。

朝子有时也在反省，将自己的悲哀事实上当成一则传奇故事，这是一种感情麻木的表现。想到这里，一切"不该发生的事情"就很容易理解了。那件奇特的偶然事故，如果作为故事对待，也就不足为奇了。

但是，她没有勇气把两个孩子和安枝生前的那段生活，一概封存在传奇故事之中。因为照现在的情况来看，在她的现实生活中，早已不存在那种传奇故事般的幸福的知觉了。

严冬时节，朝子有了怀孕的反应。打这时候起，两口子的心里，开始有了忘却是当然的权利这种想法。对于这次妊娠，无论丈夫还是朝子本人，都小心翼翼，满怀从未有过的期望。他们认为，平安生产反倒不可思议，受些损害是正常的事情。

一切都很顺利过去了。新的状况和古老的记忆之间竖立了一道防线。悲哀获得真正的治愈，剩下的只有一条，自己应该拿出承认这种治愈的勇气来。朝子凭借怀孕这一外来力量，终于获得了这种勇气。

那次事故到底是怎么回事？夫妻一直没有来得及加以探究，或者说根本没有探究的必要。自那之后，朝子所咀嚼的绝望，并非单纯的绝望，其间包括遭遇如此重大不幸而没有发疯，依然保持清醒的绝望，关于人的神经强韧的绝望，朝子都一一品味到了。什么样的重大事件才能使人发狂致死呢？难道疯狂只属于特殊天分的人，一般人本质上决不会陷入狂乱之中吗？

究竟是什么能将我们从疯狂里拯救出来呢？是生命力？是自私自利？是狡狯心理？还是人的接受能力所限？我们对于疯狂的不可理解是拯救我们免于疯狂的唯一力量呢，还是只给个人以不幸，而对于人生，不论如何酷烈的惩罚，只是预先考验一下个体生命的忍耐程度呢？难道一切都不过是考验吗？然而，单单理解上的错误，即便在个人的不幸中，也只不过常常是超越理解的一种空想吗？

朝子的心里也有着这种理解上的焦躁。面对那件事故，一边面对，一边理解，这是困难的。理解总是后续的，对当时的感动加以解析，进一步演绎，力图给自己一个说明。为此，朝子在直面事件时自己感情的反应中，不能不感到一种不满。这种不满，较之悲痛更为长久地残留于心底，沉淀堆积而永不消泯。眼下即使想改变一下也不可能了。

她决不放弃自己感情的正确性，因为她是一个母亲。同时，她也决不放弃对于自己感情不贞的怀疑。

在这种情况之下，现实不足以慰藉人心，但是她肉体内部萌生的现实，却向久久无视其力量的人复仇了。这种现实在生长，在发育。这种受内部现实支配的感情生活，对于无法受胎的男人来说，只有那些怀抱思想的人才能理解。

虽然不是什么真正的忘却，但池水表面薄冰般的忘却，首先覆盖了朝子悲伤的记忆。这层冰有时也会破裂，但一夜之间，同样的冰层又重新盖住了水面。

忘却真正发挥效力是在夫妻不经意的时候。那是浸润性的，一发现些微的空隙，就立即浸润过去，犹如眼睛看不见的霉菌，侵犯组织，耐心而切实地工作着。朝子有时在睡梦里，就像抗拒噩梦的人一样，会有一种无意识的动作，连她自己也没有注意到。每逢这种时候，她就甚感不安。她在时时抗拒忘却。

朝子认为，忘却在自己体内成长的力量，就是孕育胎儿的力量。对于朝子来说，她多少有过欺骗自己的误算。那是另一回事。只不过，忘却因怀胎而获得了力量。事件的轮廓渐渐崩溃了，模糊了，变得暧昧而风化、解体了。

宛若夏季天空，一度出现了一尊洁白的、轮廓清晰而风姿可怖的大理石雕像。这尊雕像逐渐变得像云彩一样模糊不清，缺了脑袋，少了胳膊，连手里的长剑也掉落了。记忆里令人毛骨悚然的雕像，表情慢慢变得柔和起来，依稀难辨了。

我们的生命里，不仅有着使人觉醒的力量，生命有时还会使人沉睡。善于生活的人，并不是一直清醒的人，有时是立即可以酣然入梦的人。

正如死给予将要冻死的人难以抵御的昏睡一样，有时候，生将同样的处方给予祈望生的人。逢到这种时候，祈望生的意志，出乎意料地依靠意志的死而获得生。

如今袭击朝子的正是这种睡眠。无法支撑的真挚和企图固定的诚实，生轻轻地从这些东西上面跳跃过去。当然，朝子所坚守的不是诚实。她所坚守的是，探问死所强制的一瞬的感动，如何完整地生存于意识之中。此种探问，大概出于朝子不知不觉之间所必需的一个残酷的前提，即死也只不过是我们生的一个事件罢了。或者她在看到孩子们死的一瞬间，于悲叹袭来之前，早已背叛了他们的死。

朝子无比善良而单纯的心灵，本来就不适于这样的分析。她的表情里较之以前出现了一种愚痴的东西。这是了解什么就怀疑什么的愚痴的表情。朝子一无所知时候的那副天真，反而看起来更像一位机智而贤淑的年轻母亲。

一次，收音机里播放母亲失掉孩子的广播剧，朝子一听，就立即关上了。可是，这个处理追忆压力的方式之妙，连她自己都感到惊奇。对于一个将要生下第四个孩子的母亲来说，那种沉湎于悲悯之中、犹如堕落的喜悦一般的喜悦，只能催发一种道德的厌恶。这和数月之前的她，大不相同了。

为了胎儿，她必须拒绝一切烦恼的激情，以保持内心的平衡。比起那黏黏糊糊的忘却，朝子对于这种精神卫生上的禁忌感到十分中意。首先，她有了自由。她在所有的戒律中感到了自由。这虽然主要来自忘却的力量，但朝子却是随心所欲调整自己的心灵的，她为此而感到惊讶。

回忆的习惯也不知不觉消失了，忌日的诵经和扫墓时不再流泪，也不觉得奇怪了。她自己变得宽宏起来，一切都可以饶恕。例如，春天来了，她带着克雄到附近的公园散步，看到那些兴高采烈玩沙子的孩子们，再也不像刚刚发生事故那个时候，看到别处活着的孩子就憎恶和嫉妒，现在即便想有这种感觉也无法感受得到了。在她的宽恕之下，这些孩子都快乐地活着。朝子就是如此感受到社会活力的。

忘却对于胜，似乎较之妻子来得更早。但单凭这一点，不能怪胜的薄情，毋宁说，胜始终感伤地沉溺于悲哀中。作为男人，通常在改换心情上较之女人更加富于感伤。当胜觉察自己耐不住感情的持续，自己的悲哀不再残酷追逐自己的时候，蓦地感到孤独起来，于是瞒着妻子稍稍放纵了自己的欲望。但他立即厌了，朝子怀胎了，他像回到母亲身边一样，又迅速回到了朝子身旁。

像漂流者离开船的残骸，那件事故也离开了全家的生活。时光使得他们也有可能和当天的读者看到社会栏的报道一样的看法，以致使他们怀疑是不是那件事故的当事人。他们真的不是最近距离内的观众吗？当事者一个不剩地都死了，死使得他们和那件事故永远结合在一起。我们为了寄身于历史事件之中，就必须为这事件赌出自己的几分生命。胜夫妇赌出了什么呢？首先，他们有没有这份闲暇？

事情远去，犹如地岬上灯塔的灯光，就像A浜南面爪木崎上的旋转式灯塔明灭可睹。由无害变成有益的教训，由具体的事实转变为观念的比喻。那件事故已经超出生田一家的范畴，成为一个公共事件，照亮了日常生活中错杂的社会诸象——宛若灯塔上的灯光，照耀着荒寂的海滩、昼夜啃咬露出坚白牙齿的寂寞的岩石的波涛，以及地岬周围的森林。人们应当由此读出教训。这是一个浅显易懂的古老而单纯的教训，有孩子的父母更应铭记于心。这个教训就是：

"去海水浴时，要始终看护好孩子，自以为安全的地方也会淹死人。"

胜一家并非为了证实这一通常理念，才供出两个孩子和一位老姑娘作为牺牲品的。三个人的死只是为这条通常理念起到证实的作用。英雄之死也只能产生如此同样的效果，这方面的例子很多。

朝子第四个孩子是个女儿，出生的时节是晚夏。不仅全家高兴，金泽的婆家听到喜讯也来京城看望新生的孙女儿。胜随便陪父母去了一趟多磨墓地。

女儿取名桃子。母女都很健康。朝子已经有了育儿的经验。克雄添了个小妹妹，喜欢得要命。

又到翌年夏天了。事故过后两年，也是桃子出生的第二个年头。朝子突然提出想到A浜看看，胜听到后吓了一跳。

"怎么回事？你不是说一辈子再也不去A浜了吗？"

"不知为什么，我很想再去看看。"

"你这人真怪，我一点儿也不想去。"

"是吗？那就算了。"

朝子有两三天不再提起，这之后又说：

"我还是想到A浜看看。"

"要去，你一个人去！"

"怎么能一个人呢？"

"为什么？"

"我有些害怕。"

"既然害怕，为何还要到那里去？"

"想大家一起去，那天只要有你在，我就会放心。同你在一起，我不害怕。"

"待长了还不知道会发生什么事呢。再说，也不好请长假。"

"只住一个晚上。"

"那地方很不方便啊。"

胜再次叮问朝子要去那里的原因，朝子自己也说不清楚。胜想起平素阅读的侦探小说常用的笔法，他想：

"杀人犯常常有一种奇特的心理，总想冒险回到自己作案的现场看看。莫非朝子也被这种奇特的冲动所左右，一心要再去看看孩子们遇难的海滨吗？"

当朝子第三次提起的时候，已经失去固有的热情，只是简单地重复着相同的语调，胜考虑周末游客混杂，决定拿平日的休假一同前往。旅馆只有永乐庄一处，他们预订了离那间不幸的房间远些的一间房。朝子依然不肯乘丈夫的车子，夫妇两个带着克雄和桃子，一家四口从伊东雇了一辆出租车。

盛夏酷暑，沿途人家的后门边，向日葵飘扬着狮子一般的鬣毛。汽车的尘埃沾满了向日葵明艳的花盘。然而，向日葵却是泰然自若的。

车子左侧的窗户可以看到海面，克雄隔了两年又看到大海，高兴地大叫起来。他已经五岁了。

夫妻在车子里没有怎么说话，汽车颠簸很厉害，不宜于慢慢交谈。桃子偶尔说出几个懂得意思的单词儿。克雄教她说"海"，她指着对面窗外一座红土秃山说是"海"。胜似乎觉得克雄教给婴儿什么犯忌的词儿了。

车子到达永乐庄，和前年一样，那位老板出来迎接。胜给了他点儿小费，当年他颤抖着手指付给老板一千元小费时的情景依然历历在目。

旅馆今年的生意不景气，房客很少。进了房间，胜回忆起各种事情，心情闷闷不乐。他当着孩子的面斥责妻子：

"出行总要挑个地方，为何非要到这种地方不可呢？想到的净是些不愉快的事情。好容易忘掉的事，又都在脑子里翻腾起来了。桃子出生后头一回旅行，其他好玩的去处有的是，繁忙时节拿了休假，偏偏跑到这里来，简直是傻瓜。"

"你不是明明答应过的吗？"

"我不答应，你肯罢休吗？"

院子里的草地在午后阳光的曝晒下似乎燃烧起来。一切都和前年一样。白漆的秋千架上晾晒着蓝、绿、红等颜色的游泳衣。套圈台子周围滚落着两三只藤圈儿，一半埋在草丛里。庭院一角的树荫下面，横躺过安枝的尸体。枝叶间漏泄下来的阳光落在空无一物的草地上，描绘出一个又一个斑点。蓦然一晃眼，仿佛那些斑点落在安枝起伏不停的绿色游泳衣上。阳光随风不住晃动，使人产生了这样的幻觉。胜不知道安枝曾经躺在这里，产生幻觉的只是朝子一人。对于一无所知的胜来说，已经发生的事情也等于不存在，他既然不知道这地方躺过安枝，那么在他眼里，这院子的一角无疑永远都是一片没有发生任何事情的安谧的阴凉地，更不用说那些毫不知情的房客了……朝子不能不这样想。

看到妻子一声不吭，胜也不再叱骂了。克雄顺着廊缘下到院子里，拾起扔在地上的藤圈儿。他没有投出去，只是在草地上滚着玩。他蹲在地上，热心瞧着藤圈儿滚动的方向。藤圈儿伴着影子在凹凸不平的草地上歪歪斜斜地滚着，忽然跳起来，又倒下了，重合在影子上。克雄一动不动地呆望着，他以为藤圈儿还会再跳起来。

沉默之中忽然响起一阵蝉鸣，胜感到脖颈周围渗出了汗水。他想起作为一个父亲的责任，立即站起身来，说道："走吧，克雄，到海边看看去。"

朝子抱着桃子跟在后头。四个人出了庭院的杂木篱笆门，来到松树林里。大海出现了，波浪迅速越过这一带岩石海岸，光闪闪地扩展开来。

只有退潮的时候才能绕过假山到达海滩。胜牵着克雄的手，趿拉着旅馆的拖鞋在热沙子上面走着。

海滩上人很少，看不到一顶遮阳伞。穿过假山下边，这里已经是海水浴场的一角，环顾整个海滩，不足二十个人。

一家四口，站在水线旁边。

今天的海面上空，夏云攒聚，一团团，一簇簇，层层堆积。如此凝重的光亮，庄严的质感，竟然漂浮于空中，实在有些异样。上部的蓝天，仿佛扫帚留下的印痕，轻轻拖曳着一带流云，俯瞰着水平线上郁积的云团。下部的积云像是承受着什么，覆盖着过剩的光与影，可以说，以明朗的音乐建筑的意志，将黑暗的不定型的情欲控制住了。

云层下面，几乎无处不在的大海朝向着这一边。海比陆地更加广大，给人的印象似乎连海湾也无法扼住这片海面。尤其是这一带海湾宽阔，看起来，大海从正面无孔不入地侵犯着这里的一切。

海涛上涌，又崩溃下来，散开了。那阵阵轰鸣和夏阳苛酷的静寂同属一类，几乎都不是声音，堪称是震耳欲聋的沉默。这时，四个人的脚跟不时涌动着恋恋不舍的涟漪，涨过来，退回去。这是波浪抒情的化身，和波浪各异，可以说是波浪轻松的自嘲。

胜看看身旁的妻子。

朝子凝望着海面，她的头发随海风飘扬，在强烈的阳光照耀下，不见一点畏缩的影子。她的眼睛湿润了，神情凛然。她紧闭双唇，怀里簇拥着头戴草帽的一岁的桃子。

胜曾经多次见到过妻子这样的侧影。打从那桩事故以来，妻子时常显露着一副安然的表情。这是等待的表情，是期盼着什么的表情。

"你现在究竟在期待着什么呢？"

胜打算用轻松的语气问她。然而，这话没有说出口。转眼之间，胜觉得即便不问她，也能明白妻子在等待什么。

胜悚然一惊，紧紧攥住掌心里克雄的小手。

昭和二十七年十月《新潮》

焰　火

古时候的武将有替身，电影也有替身演员，实际生活中也常常看到长得很相像的两个人。

眼看就到暑假了，在C大学读书的我，想在假期里找一份收入好些的活儿干干。于是，我和一位穷苦学生A君商量，他一直打工，对什么活儿都不挑剔。假期的后半段，我打算回仙台老家度假，所以前半段必须拼命赚钱。

一天，我在A君的陪伴下，到他熟悉的两三家店看了看，没有找到满意的工作。那些地方条件都很差，白白跑了一天，实在太疲倦了，A君为了安慰我，带我到他平时光顾的小饭馆去了一趟。

这家饭馆位于两国国技馆附近，是大相扑力士的伙计们常来吃喝的地方，这里饭菜实惠，令人心情安然。A君是怎么知道这里的呢？原来大相扑举行夏季专场比赛时，他应募去当男仆，穿着赛场工作服干活的时候，应朋友们的邀请，一起到这家饭馆喝酒，打那时起就熟悉了。

来到这里一看，也许相扑到地方巡回比赛的缘故，客人们都没有什么出众的特征。

我们即刻在饭桌前坐下来，身子微胖、手脚麻利的老板娘端来了A君点的烧酒和小菜。A君说了几句世俗玩笑话，接着问她，有没有适合这位朋友的活儿。我有些难为情，心想，A君用不着这么问，只好默默喝着闷酒。

"哦，这位也是学生哥儿吗？"

老板娘略显惊讶地问。

我们穿着衬衫，戴着学生帽，帽子放在了椅子上。

"我们是同班，他不大像学生吧？"

A君抓起我的帽子，放在饭桌上。

"不，不是的。他平时总是穿得很帅气，没想到他是学生。这么说，今天你们是第一次结伙来的喽？"

"哎呀呀，你不是第一次来这里啊？"

"头一次，这是头一次到两国。"

"嗬，你还在装蒜，真可气。"

我的冤枉一时不得昭雪，老板娘坚持说我经常在这里露面，A君一个劲儿指责我硬着头皮撒谎。

说着说着，门口的绳帘晃动了，进来一位身穿蓝色开领衬衫和泛白裤子的男人，他把木屐踏得山响。

"啊，晚上好。"

他对老板娘亲切地打招呼。

我这一惊非同小可。原来，这个男子无论相貌还是年龄，和我像是一个模子铸的。这时，老板娘大声惊呼：

"是双胞胎吧？谁是哥哥呀？"

老板娘兀自陶醉于平常的幻想之中，她一边劝我们饮一杯兄弟酒，一边亲自订了酒菜端上来。我们虽说都有些不情愿，但她既然把那男子介绍给我，也只得在一起喝上一杯了。

老板娘的介绍很不得体。

"这位是纳先生。"

"这位听说是河合君，C大的学生。"

老板娘看来并不知道那人姓什么，那人也不肯自报家门。可他是个快活而又乐观的青年，我和A君与之同席，并不觉得别扭。也许他是个手艺人或推销员，而我们是大学生，谈不上什么职业吧。

"长得真像啊！"

开始，只有这样的慨叹才是共同的话题。随着几口酒下肚，我和这个人的差异就慢慢明显了。例如，他喝酒时总是低着头，把嘴凑到杯子边上。他口齿清晰，但不知为何，说着说着，突然闭口不语了。他一味回避那些讲死理的事情，有时笑起来，使人感觉唯有眼睛不带笑意……这些差别越来越明显，在这些方面，证明他和我完全是不同的性格。这种特点一旦形成，随之使我放下心来。面对着一个和自己相同的面孔，总是使我有些局促不安。

这人表现出对相扑很感兴趣。扯出这个话头的当然是A君了。

"你对相扑很内行啊。"

那人说道。A君显得很是洒脱：

"我还身穿工作服在相扑场做过侍从呢。"在我有所觉察，还没来得及阻止他时，他又接着问道，"你那里有没有适合河合君的零工呢？"

"他想打零工吗？"

那人倏忽从酒杯上方瞥了我一眼。

眼光犀利，眼珠却一动不动。他虽然开朗、热情，但总体上却给人留下阴郁的印象，看来全怪这双眼睛。他看着我时，我仿佛变成一件商品，心里很不自在。

"对了，焰火晚会怎么样？你的朋友在相扑场，你去焰火晚会，挺有缘分的，不也很好吗？"

"什么焰火晚会？"

一问才明白，七月十八日要举行两国夏季纳凉焰火晚会，柳桥一家一流的茶屋，仿照相扑男侍的例子，在这一天招收学生作为男侍前来干活儿。茶屋名字叫"菊亭"，是柳桥数一数二的名店。这里的工钱很可观。

"怎么样？"那人带着一副不冷不热的单调的口气问，"……我刚想起来，不单收入丰厚，还有红包可拿哩。河合君，你知道当今运输大臣岩崎贞隆这个人吗？"

"看过报纸上的照片。"

我想起漫画里那个露出长长牙齿、满头白发，但显得很庄重的面孔来。

"生就一张长脸……"

"嗯，我知道。"

"那位大臣肯定来看焰火。他要是来，你就朝他认真瞅上两三次，绝不要开口说话。只要对着他的脸死死盯几眼，这就够了。这样一来，回头就能拿到一大笔赏钱。我不骗你。记住，只要瞅着他的脸就行了。"

"这事挺蹊跷的。"

"因为你长着一副同我一样的脸孔。"

我再次看看他的脸，如果是质量差的镜子，是无法这样如实地映照出我的面孔的。我不是美男子，不过也不是丑八怪。论特征，面相有点儿吓人，眉眼很靠近，鼻梁小巧，一张大嘴巴，样子很不雅。我认为自己长着一副狗嘴，很是厌恶。前额狭窄，面色浅黑，这种说法一点也不过分。

他看我不愿回答他的问题，接着说：

"答应不答应随你的便，如果答应（我保证你能中选），就会得到一笔赏钱，这笔赏钱我们对半分，行吗？焰火晚会的第二天晚上，我在这家店里等你。"

老板娘和伙计们都在招呼其他客人，这段对话他们没听到。

A君虽然反对，我还是压抑不住好奇心，应募了。而且正如那人所说，立即被采用了。过节那天，我被通知一大早就得到场。

七月十八日，不巧的是，一大早雨就下一阵停一阵，而过去几天虽然是阴天，但一直都没有下雨。

早晨一上班，大家每个人都得到一枚通行证。下午三点开始实行交通管制，我们到各地跑腿，必须出示通行证。

通行证上标着号码，上面印着：

昭和二十八年两国纳凉焰火晚会

时间　　昭和二十八年七月十八日（星期六）

雨天顺延　午后一时—九时半

观众席入口　国营都营电车浅草桥车站前

（请向警卫出示本证件）

主办单位　两国焰火晚会筹备组

一端盖着"菊亭"的红色印章。

整个上午，我脚蹬麻布里的草鞋，身穿染着"菊亭"字样的号衣，一边看天色，一边往客厅搬运桌子，在院子里钉坐席木板，跑去联系警察，忙得不可开交。午后一时，雨停了，来通知说，晚上按时举行焰火大会。

迄今为止，我从未和花柳界的人有过来往，对于一个乡间出身的学生来说，没有比这个更能驱使好奇心的事了。为了一个晚上的焰火，花费巨额的金钱，不用说这些钱来自客人们的腰包，至于这样的浪费其目的是为了什么，就不是一个打工仔所能理解的了。艺妓们个个打扮得花枝招展，在客席中间走来走去，对我们瞧都不瞧一眼。只感到眼前有一个别样的世界在旋转，在这种旋转之中，要想感觉也有我们这些小小齿轮的转动，那是非常不容易的。

"菊亭"门内放置着侍从们的坐凳，洒水的石阶左右增设了鞋架，因为平时的鞋架已经不够用了。观赏焰火的每一片坐席，纵横排列着赶制出来的桌子，桌面铺着洁白的桌布，摆着多层食盒、礼品、焰火节目单、玻璃杯、酒碗，筷笼里装着红白寿筷，这些东西秩序井然地等待每位客人前来享用。连接河面的院子，并排放着三段临时制作的桌椅，悬挂着纸条，上面用毛笔写着各公司客人的名字。树枝上挂满了形形色色的啤酒公司的灯笼，穿在一根电线上，在河风里闪闪飘动。凸向水面的坐席由几艘彩舫组合而成。

小船已经在隅田川各处出动了。几只装备着烟花格子的船也在河中央浮动。河岸上人群麇集，个个都带着椅子或坐凳。所有楼房的窗户里和屋顶上都挤满了人。维持交通秩序的警察，街道委员会随处搭起的帐篷，无所事事、熙来攘往的杂沓的人流，头顶上细雨飘零的天空，白日里眼睛看不见的一阵阵焰火的轰鸣，漂荡的硝烟里，只能嗅到目不可视的焰火的气味。有时候烟雾包裹着河面，铁桥看上去也朦胧一团。这时，传来了震耳欲聋的汽笛声，一列电车正轰隆隆从桥上驶过。

三时过后，高级轿车陆续停在路旁，门口的接待处也忙碌起来。老板娘整装打坐在大门边的枣红地毯上，向来宾行礼，指派艺妓和女佣。人们都很兴奋，一味忙忙碌碌运动着肢体，高声地谈话。有时，谈笑声夹杂着焰火的轰鸣。有时，雨渐渐变大了，有人仰望着天空，说一些"真是不凑巧"之类的话，但心情也还是很激动的。

门前我们的坐凳上也张起了帐篷。客人一到，一律身着号衣的男侍们，只需立即上前行礼就行了。跑去开车门的侍者，因为可以拿到一笔赏钱，所以由男侍里原来的栋梁——一位身材矮小、争强好胜的老人独自一人担当。其余男侍等着分派任务，万一有可疑分子闯入，就把他赶出去。

打工的学生只有几个人。有两个正在闲聊，我侧耳倾听他们说些什么。

"今天听说有两位大臣光临。"

"是的。"

"是运输大臣和农林大臣。"

"他们是谁？"

"运输大臣叫岩崎什么的，农林大臣嘛，好像姓内山。"

"喂，这里看不见放焰火，真扫兴啊！"

"天快黑下来啦。"

背向河面的门口附近，是最不容易看见焰火的地方。

"给我看看焰火节目单……啊？'柳上雨后日月时雨'，'升天红锦路'……闹不懂是什么意思。"

我也瞅了瞅，在灯笼光里瞥见了那张节目单。

争妍斗艳名妓舞

银色花园

玉追玉吹龙

千代田之荣光

五彩璎珞

雾霭迷蒙花吹雪

升天银龙五色花

开列的净是一些绚烂而抽象的名词。

五时过后，大雨沛然而降。头上顶着手巾的男女在路上奔跑。焰火依然在轰响。屋脊上弹跳着无数细小的水珠儿，高级轿车也渐次停到门前来了。

天色终于黑了。透过帐篷的边缘，屡屡可以窥见焰火在天空中扩展开来，幻化为巨大的火轮和鳞片。

这时，那位负责为汽车开门的老者沉不住气了，他趁着没有客人，咋着舌头骂道：

"畜生，真想开开眼界，干脆到二楼客厅里看看去，哪怕把津贴全都赔上也好。"他的话惹得我们笑起来。他不是开玩笑，这是他真实的想法。

原来，下雨之后，船上和庭院里的坐席都迁移到一楼客厅里了，为了减少混乱，叫来四五个男侍帮忙，老人也放弃本来独占的活计，加入到那四五个人的行列。总之，在院子里打杂，好歹可以看到焰火。

留在门口帐篷里的只剩下三四个人。

不断有消息传来，有的人说因为害怕烟花被雨水淋湿，眼下将准备好的烟花全部点燃了。看来，分组在各地燃放的烟花，要在今天晚上一个不剩地燃放完毕。

六时过后，客人来得稀稀落落。

面孔熟悉的女佣赶忙出来迎接。

"岩崎先生还没到吧？太迟啦。"

一边说着，也不等别人回答，就立即消失了踪影。

快到七点钟了，这时一辆黑色高级轿车停到了门前，这是官府的公车。

我不由站起来，撑开雨伞前去开车门。门灯闪烁的车内，卧着一位绅士。他将读了一半的文件装进内衣口袋，由于行动不便，费了好大工夫。因此，我有充分的时间，仔细观察了在漫画里看到的岩崎运输大臣的尊容。

长脸、牙齿外露、白发，这些一如照片里的他。然而，我只是固执于最初的印象：那张疲惫的面容和不健康的青黑的皮肤。我本以为，凡是当大臣的，都应该是满面红光的。

由于整理文件颇花些时间，为了不使雨水溅到车内，我将一度敞开的车门又掩上一半。大臣发觉了这一点，他不经意地抬起脸来。这时，他已经欠起身来，就要下车了。

隔着车窗玻璃，大臣和我在一瞬之间目光相互碰到了一起。

这时候，我第一次在人的脸上发觉那种"大惊失色"的表情变化。一刹那，恐怖充满了他整个面孔。

他脸上的肌肉和神经骤然紧缩，让我看得一清二楚。因此，大臣下车时，我有些胆战心惊，生怕他恐怖之余，反而会向我主动出击。

但是，岩崎贞隆默默低着头进入我的伞下，这回他带着一副冷漠而紧张的表情，在我的护送下走到门口。

老板娘和艺妓用欢呼声迎接大臣。他一次也不回头望我一眼，在女流们的簇拥之下，顺着光洁的木板走廊渐渐远去。

……我呆呆地回到帐篷里。

"怎么样？拿到赏钱啦？"

一个打工的学生单刀直入地问。听到他这么一问，我才想起，我没有得到一分赏钱。其次，刺激我的感情的并不是那份令人生厌的赏金，一想起大臣脸面上那种神秘莫测的恐怖，我自己也仿佛受到这种恐怖的袭击。

……过了三十分钟光景，女佣出来对我说，老板娘招呼我进去。我一阵心跳。自己扮演的角色，看来很难挣脱了。

然而，这只不过是自己的一种强迫观念在作怪罢了。老板娘吩咐我去干一件需要动脑筋的联络工作，这件事非得交给打工的学生才保险。她叫我去了，用爽朗的语调打发我到街道委员会的帐篷跑一趟。

老板娘把我叫到一楼的走廊上，客厅里铺着枣红地毯，这红色在我听着老板娘交代任务时不住刺着我的眼睛。美丽的艺妓出出进进，地毯上不时晃动着她们的身影。我朝桌面上瞧了瞧，上头乱糟糟的。

近处响起了爆炸声，室内火光闪闪，客人和艺妓一同欢呼起来。

我接下任务，沿着长廊回到大门口。

这时，一群人从楼梯上摇摇晃晃走下来，我紧贴着墙根让路。下来的正是岩崎运输大臣，身旁围着两三个艺妓，他虽说有些醉态，但脸上还看不出来。一身不太雅观的黑色西装，被包围在绚丽多彩的衣裳之中，给人一种奇妙的孤独的印象。

他这次清清楚楚看到了我，虽然不像当初那般有着明显的惶恐不安之感，但还是看得出来，他一度意识到那种黑暗的恐怖，便同这恐怖作了殊死的斗争。而且，他眉头不皱、眼睛不眨地看了我之后，趁着艺妓们没有在意他对一介男侍如此注目的当儿，迅速转移视线，朝我身边望去。但是，我却感到这位岩崎大臣不动声色的表情里，反而流露出强烈的恐怖感。

我出门办事时，雨小得多了。老天专门和焰火晚会过不去。行人被雨水淋湿了，大家边走边议论，说今年的焰火晚会实在太扫兴。

回来向老板娘汇报完毕，又被吩咐打扫庭院。我将室外桌面上被雨水打湿的东西收拾了一番。啤酒公司的灯笼经雨一淋，颜色被水冲刷掉了，变成黏湿湿的一团。本来不怎么好看的灯笼，那种残破的样子，反倒显得很好看。

我收拾好底面稍许积存了一些雨水的空啤酒瓶子，向着河面继续升空的焰火眺望。硝烟经风一吹，从"菊亭"飘到河面，将附近全部覆盖起来了。烟霭里传来木篷船突突的马达声，悬挂在篷檐下的一列灯笼，依稀可辨……眼见着火花落了下来，雪白的小伞倏地飘在湿漉漉的桌面上，一下子粘住了。

我们来回搬运着脏污的杯盘，和一位从船上下来的撑着雨伞的外国客人交肩而过。那个外国女子双手捏紧草绿雨衣的领口，再三回过头去，恋恋不舍地望着刚刚乘坐的小船。

雨丝变成了水雾，河对岸一派朦胧，耸峙的铁桥犹如一幅平面剪影画。

我仰望天空，开始专心一意地观赏焰火了。

随着隆隆的炮声，火柱突然从河面上腾空而起。火柱的先头，一鼓作气直冲云天，一旦达到至高点，就炸裂开来，无数银色的星星散作圆形，飞蹿追逐，紫、红、绿色的同心圆自内侧次第向外扩展，内心一轮早已消失。外层一轮一旦散开，另一层橙黄色的一轮又在低处扩散，火星纷纷落下来，一切都消泯了。

下面的焰火接连不断升上天空，一边花开朵朵，一边呼喇喇直往上蹿。紧接着，下面的火花爆炸时的光芒，将前面火花的残烟映照成了立体。

我听到了一阵阵哄笑，抬眼向楼上望去。看不出笑声的来源，只见一张面孔靠在栏杆旁边正向下俯瞰，脸部光线黯淡，看不分明。轰隆一声，焰火又飞腾起来，一种青蓝色的不自然的光芒，照亮了那一头白发和一张长脸。

岩崎贞隆的脸色因恐怖而变得苍白，他带着一副仿佛遭受凌辱的极其孤独的表情，眼睛一直紧盯着我的身影。

我和他第三次目光相对。刹那间，我也深切感受到和他一样的莫名的恐怖。抑或我的恐怖，真正使我体验到那种准确的、深入对方心灵的无法躲闪的恐怖吧。

……不一会儿，运输大臣将身子一转，极其自然地躲开了我的视线。他那一头白发，随之消隐在栏杆背面了。

过了半个钟头，一位陌生的年轻艺妓，从廊缘上向院子里的我招手示意。我走过去一看，她迅速交给我一个沉甸甸的纸包。

"岩崎先生送的。"

说罢，她就想离开。

"岩崎先生回去了吗？"

"刚刚回去。"

艺妓脸上一无表情，丢下这句话走了。她那被焰火映照成紫色的绉绸和服的肩头，消失在走廊上纷乱的人群之中了。

——不用说，第二天晚上，我到两国饭馆同那个男的见面，因为要把一大笔赏赐和他对半平分。

那人来了，也不说一声谢谢，就把自己的那份收起来。他给我斟了满满一杯酒，说道：

"怎么样，我说的没错吧？"

"我实在感到奇怪。"

"别那么大惊小怪，谁叫你和我长得一模一样呢？也就是说，他错把你当成我啦。"

"是吗？"我极力提出一种明显的不同的看法，"……也许他明明知道我不是你，所以才放心地赏给我一份厚礼吧，不是吗？"

我讲了一番不合道理的道理，以这种没有任何罪责的议论为下酒菜，我俩一直喝到很晚，然后才分手。对于我来说，也并非没有一种危险的好奇心，总想打听那件可怕的事情到底是什么，但那人的眼睛妨碍我继续追问下去。

昭和二十八年九月《改造》

显　贵

上

我的学生时代，社会上仍然存在着所谓显贵这类人物。如今，这些人消失了，我也并不感到有什么惋惜，也许因为我不是显贵的后代吧。然而在曾经是显贵的人们中，至今无疑还有一种深深的缅怀之情。

我在这里要为那个时代的一个人画一幅肖像。我的笔致所流露的怀思，决不是对显贵本人，而是对亡友的一种追忆。这一点请予理解。

我所描绘的肖像画最好是椭圆形的，宜镶嵌在类似早期银板照片的像框里，周围饰以螺钿或金银的阿拉伯图案，而且其胸像最好是侧面像。这是因为他的侧影秀丽得在日本人中难得一见，他的鼻子是纯正的罗马式样，嘴唇则属中间细巧的希腊雕刻式样。一张几乎没有一点儿血色的白皙的面孔，唯有淡红的嘴唇惹人注目。

还有，我的作画的笔致又像佩特①写作《埃默拉尔德·厄里瓦特》、《塞巴斯蒂安·范斯托克》和《罗森蒙德的卡尔公爵》等短篇小说的笔致。这样的笔调并非出自我的意愿，而是基于对象性质的要求。

我如何着手绘制这幅肖像画呢？佩特描写主人公时，那种将微妙的写实和透明的抽象融合在一起的态度，那种手法，无论如何都是很有必要的。他在描绘人物的脸部时，就像荷兰派肖像画家那样，同时鲜明地描绘出其精神生活。恐怕对于他们来说，细微描摹一种优美动人的风貌，和描写其精神生活同等重要。因此，佩特的小说随处都显示着二重描写。他的自然描写的抽象性，同时如实地显示出黄昏风景里慵倦的官能意味。他的所有作品中的过于透明的抽象性，同时直接与官能接触，物象的轮廓直到最后都没有明晰地显露出来。

我想我只能这样描写柿川治英，何况，从少年时代一直到死，治英的兴趣始终没有离开绘画。

他后来成为一名卓越的宗达②的鉴赏家。但我在思索，绘画不断吸引着他的究竟是什么呢？我以为，静止首先征服了他。其次，画面的完整性征服了他。他的父亲是收藏家，治英成长的环境被东西方各种名画掩埋了。

面对绘画，我们有时会被这样的感觉所震动：画家的艺术构思凝聚着，集合在一起，仅离我们数步之前突然静止而达到完结。这就像列阵行进的军队，一声命令，立即在我们面前停止了脚步。

治英从少年时代起似乎就对陶醉的生命和外界事物怀有一种疏离的感觉。他生来就远离狂热的事物，不像他那有名的伯父，每次出外射猎猛兽，总要留下一连串趣闻。他缺少伯父一般绚丽多彩的

---

① Welter Horation Pater（1839—1894），英国作家、评论家，主要著作有《文艺复兴》和《伊壁鸠鲁信徒马里乌斯》等。
② 俵屋宗达，江户初期的画家。

稚气。我打少年时代起就认识他了（而且我比他更年少），但我从未见过像他那样摆脱稚气的少年。

但是，说他远离狂热，并不意味他喜欢对别人投以冷笑和讽刺。他身上有着与生俱来的优柔和沉稳的麻木。

他对绘画的关心，或许来自这种麻木。治英热爱绘画，他把绘画当做一切都不强制自己的艺术。画家也许会对这种关于绘画的定义感到忿忿然吧，但他却是如此看法。

后来我在加州帕萨迪纳美术馆，看到庚斯博罗①那幅著名的《蓝衣少年》，那已经是治英死后的事了。我从这幅画上看到了少年时代治英的面影。

美少年光彩夺目，然而缺乏生气和活泼感，傲慢的白皙而秀美的额头，倦怠的眼神和小小的朱唇，使他的面孔富有特点。那种倦怠的眼神酷似治英的眼神。

和音乐、戏剧、小说等刺人、包容、冲击的艺术不同，在治英眼里，美术，尤其是绘画，作为鉴赏对象来说几乎具备完全的特质。为什么呢？因为这种艺术决不威胁沉静的艺术鉴赏家被动的态度，而是以同样被动的态度给予回应，这种艺术只限于绘画。在一只方框、一定平面之中展现着微薄而易于损伤的素材。美必然在这平面中开始，也在这里终结，就像毫无洪水之险的浅浅的湖泊，仅仅在这里湛然储聚。

音乐不用说了，即使文字也会使人想起声音来。然而唯有绘画，能够守候完全的静寂。后来一想到治英的夭折，就能理解在他

---

① Thomas Gainsborough（1727—1788），英国画家，代表作有《罗伯特·安德鲁斯和他的妻子》等。

短暂的生涯中，为何总把具有占领时间、埋没时间的特质的艺术看做是对于生命的威胁。对他来说，时间就是生命，借助绘画可以将短暂的生命于瞬间里停止并加以延长。另一面，不论如何简短的音乐，总是侵蚀时间，使生命因陶醉而缩短，较之寻常更早地结束。

治英确实避免了陶醉，然而有多少人把生命当做一种陶醉啊！治英对于生命和陶醉的概念几乎与常人完全相反，他生来就习惯于将生命看做无限长的卷尺，而且决不急躁，以同样的速度将它悠悠抽出。这么说来，他之所以不爱音乐，或许是因为他感到自己的生命和音乐具有同样的结构吧？说不定他早就知道音乐本身决不会沉醉吧？

对于世上一般少年来说，恐怕不相信一个毫无狂热的静寂的鉴赏家会有什么幸福，然而那双倦怠的眼神，使他生来具备鉴赏家的资质。他不仅承认平静之美，也承认大胆之美，将画家的狂傲和不幸包裹于优柔的麻木的视线里。由于他奇妙的贵族特质，使他自己对于普通青年那种狂傲和不幸缺乏一种共鸣，看来他对这一点丝毫不感到耻辱。

在那个战争时代，当众多青年把战争当做自己热情的证据时，治英以其固有的习惯轻轻哼了一声，提倡沉稳的败北主义。他从不憧憬军帽、佩剑和短刀。他像蔑视那些欺负残疾人的冷酷的孩子一样，以相同的目光蔑视那帮所谓的军人。

打从我们相识时起，我就惊叹于他的坚强。轻视行为世界的青年，都是一些必须具备哲学性的自尊的人，而治英没有任何哲学，只是一味认命于倦怠而优美的本能，从来没有被行为世界所迷惑。

因此，对于这种行为的厌恶，似乎来自更深更远的地方。他家本是将军家族的一个分支，祖先是地地道道的武家。看来，先祖代代血液中的某种因子，孕育了他的厌恶战争、军人和行为的品格。

……夏季的一天，记得大概是暑假将要开始还没有开始的时候，我访问了治英的宅第。

那里位于旧城区老街的一角，从电车站走两三分钟之后，那条曲折的道路就会通到一扇巨大的铁门前边。

前院宽阔，可以容下一所小学校。一眼望不到边的鹅卵石地面中央，有个松林茂密的小园子，那是椭圆形的小庭院。进门右首连接着平房的大杂院，我看见大杂院边上有个古老的车库。

中央深处耸立着一座青铜圆顶的西式楼房，左右是配楼，左边连着遮掩庭院的船板院墙。楼房中间有三层，映着夕阳的窗户闪闪发光。没有一点儿响动，一切都包裹于聒噪的蝉鸣之中了。

但是，这座巨大的楼房却刻印着类似治英眼神般的疲惫的影子。这种印象不单来自建筑物的老朽，支撑大厦的精力也让人感觉正在剧烈衰退。楼房正面大理石的颜色上，也烙印着大势已去的印像。

我蓦然想起他在美术上的爱好来，他喜欢牧溪①，喜欢塞尚②，但如果要问真正喜欢什么，那无疑只能从西方举出华托③的《惜别爱情岛》、从东方举出宗达的《舞乐图》这两幅作品来。这种选择未必能表现出青春的绚烂的爱好，只是证明，比起过于孤独的艺术，

---

① 牧溪（1225—1270），南宋画家，作品有《远浦归帆图》和《松猿图》等。
② Paul Cézanne（1839—1906），法国画家，后期印象派巨匠，作品有《果盘》、《玩纸牌者》和《女浴者》等。
③ Antoine Watteau（1684—1721），法国画家，洛可可美术创始人之一，作品还有《画店》和《吉尔》等。

他更喜爱被权力的阴影所守卫的幸福的艺术。不管怎么说，这是相当大胆的选择，如此的爱好，要是一般青年，尽管心里这样想也不会轻易说出口来。

楼房虽然没有达到荒废的程度，但由于正值战争期间，再加上修理不力，愈来愈显得凋敝不堪了。治英一直住在这里，也许他喜欢那些在君侯庇护下产生的古代美术，住在这里可以缅怀昔日君侯之力，窥视已经失去的权势的幻影。

我知道，他父亲身体十分衰弱，年轻时便退掉了所有的公职，作为美术收藏家和艺术爱好者，他有两三本著作。治英死后，我才初次见到他的父亲，他和我曾经想象的分毫不差。

……我绕过鹅卵石小庭院，来到一侧可以停靠汽车的黑暗的大门前边。布满浮雕的青铜门扉上开着两个椭圆形小窗，周围镶着葵花瓣型的家徽。我按门铃，等了很长时间，终于听到了开门的声音。

内里一派昏暗。出来引路的是个戴眼镜的精瘦的中年汉子，穿着外褂，套着白布袜子，没有一丝笑容。

大门内中央是铺着红地毯的楼梯，楼梯左下方宽大的走廊墙上悬挂着壁毯，摆设着古风的木质桌椅，看样子是临时会客室。管家恭恭敬敬把我这个少年让进来，说：

"请稍候。"

我坐在一张椅子上等着。大门一侧的彩色玻璃窗上映照出血红的光亮。管家走后，房子里到处没有一点儿响声，使人怀疑这里是否有人居住。而且，尽管是酷热无风的午后，临时会客室里却显得冷飕飕的。

大楼梯上终于轻轻传来足踏地毯的声音，治英站在楼梯中央，伏在栏杆上望着我，"呀"的叫了一声。他不过比我大三岁，然而对朋友的这一声招呼里，却没有一点儿年轻人的泼辣劲儿。

我过去一直极力躲避他那喜欢幽默的一面，以及他难以避免的虚荣的一面，但由于每次去柿川家，他总是领我到和上回不同的房子里，所以我感到奇怪。渐渐地我也弄明白了，这是因为我每去一次他都想让我看看那些五彩缤纷的豪奢的房屋。

我头一回去他家时，他领我离开走廊来到一座幽静、轩敞的大客厅。房内收拾得很洁净，依然让人觉得不像是人住居的地方。我记得南面庭院的草坪上遮满了浓密的树影，只有庭前的木贼沐浴着夕阳的余晖，呈现着一团暗绿。这一簇木贼那种不像植物的无机的暗绿，在于整个庭院的树木、花草以及草坪的绿色中，显示出勃勃生机，看上去阴森可怕。这种植物风吹过来也不摇动。毫无必要的沉静的一簇……

"席地而坐很累，还是椅子好……"

治英先站起来，打开连接日式房间和西式建筑的杉木门，窗户很小，室内晦暗，差点儿撞在满登登的家具和百宝架上了。

"等等，我去开电灯。"

我坐在放着大花瓶的圆桌旁边等着。

室内的灯亮了，这可不是寻常的电灯，这是压在头顶上的大型玻璃吊灯，从天棚上垂挂下来，几乎占据着整个房间的上半部。吊灯灿烂辉煌，映射在玻璃上，玲珑透剔，五光十色。屋内的情景为之一变。

治英指着墙上的绘画说道：

"这座屋子里全是明治时代的油画。"

是黑田清辉[①]和冈田三郎助[②]等人所绘制的色彩沉稳、富于写实性的巴黎沙龙[③]画风的收藏品。

……置身于这些绘画之中，遗憾的是治英和我之间的谈话并没有涉及高远的美术，两个人瞎扯的都是些学校老师的各种怪脾气，治英还用一贯的得意洋洋的语调，巧妙地模仿每个老师说话的口气。可是这和那种学生式的响亮的口技略有不同，似乎扮演着一幕居高临下、冷嘲热讽的滑稽剧。

[①] 黑田清辉（1866—1924），画家，代表作有《湖畔》、《晨妆》和《舞妓》等。
[②] 冈田三郎助（1869—1939），画家。
[③] Salon de Paris，每年秋季在巴黎举办的美术展览。

中

治英并非完全缺乏自我表现的欲望，他写过几部小说，画过许多油彩风景画和静物画。但是，这些作品没有显露他的任何才能，只能说尽是一些有气质的凡庸的制作。

他对出没于庭院中的蛇很感兴趣，曾经写过以蛇为主题的小说。他那昏昏欲睡的笔致，完全掩没了小动物的光彩，但我很清楚，他写得非常认真和愉快。

他这个人，对自己人情方面的缺失丝毫不感到苦恼，当然也就对自己才能的不足同样没有任何苦恼了。在学校杂志的评比会上，自己的作品受到无情的恶评，可他当时表现得泰然自若，那样子可以说是一道特殊的风景。最后，看到没有任何人能伤害治英，大伙也就沉默不语了。

其实，他是在美的世界里悠悠散步。例如，他毫无倦意地仔细眺望大海盛宴般的晚霞，要说他对此很感动那就错了。他似乎不相信自然是粗野的，不仅如此，他甚至有些轻蔑自然的倾向。他在眺望晚霞，同时又在寻找它的缺点，将彩云不均衡的形状看成是结构上的瑕疵……他的目光看起来仿佛对晚霞色彩的过度使用也提出委宛的批评。

酷烈的自然、险峻的群山、暴风雨、海浪……治英对这一切都毫不关心。他决不害怕闪电、雷鸣、地震，但也看不出他对这些有什么明显的恶趣。

初夏黄昏，出没于庭园草木中的蛇闪动着银白的鳞光，这也在他心中激起了难以形容的喜悦。由此，他写了一则恋蛇男子的凡庸的小说。但我怀疑他是否真正喜欢过蛇。单凭摸索和不确定的推量描写恋爱，而且描写的方法似乎也缺乏诚意，破坏了感情上的均衡。很明显，他从一开始就有意回避这些经验教训。

月亮是如何从灰白的庭园的角落升起，风是如何微妙地掠过草地而吹来，治英在描写这些现象时，多少带着热情。一种整顿自然秩序、治愈其不均衡的绘画欲求在他心里涌动，不为他所承认的外界本来的面貌，反而从他那过于均衡的构图里可以窥见一斑。

他既不容忍一切不洁之物，也不赞成天真而褊狭的洁癖。

他凡事都采取过于中庸的生活态度，这个秘密从他征兵体检不合格时我们就知道了。治英很可能患了一种叫做心脏瓣膜症的不治之症。因此，我知道了他平时为何总是一副忧心忡忡的脸色，以及害怕过度劳累的个中因由。朋友们都认为治英的一切谜团消解了。大家认为他那一副所谓贵族特质，皆因心脏的缘故所养成。

然而我不这么看，人可以使疾病同个人特质达于一致，宛若衣饰穿着合体。越是久病越是如此。治英那种富于调和的敏感意识，或许早已将此病症摄入调和之中，变成原有性格的一部分了。这种疾病敦请他避免过劳，这对于他躲避陶醉与热情的性格，也许是一种强有力的庇护。为什么呢？因为后来我见到过一些血色很好、性格完全不同的瓣膜症的患者。

治英经常大讲梦话，这件事很让人扫兴，可他却毫不在乎。他的梦带有各种色彩，一会儿看到巨大的鸟影掠过晚霞绚烂的原野，一会儿那鸟影又消失了；他听到深夜车库发出可怖的响声，和往常的汽车不同，忽然急匆匆驶出一辆灵车来；庭园的草坪骤然变紫了，那紫色渐次侵袭着廊缘，在那里玩耍的婴儿也被染得发紫……这些梦都充满了不安。但是治英却乐此不疲，一边轻轻哼着鼻子，一边用谐谑的语调娓娓叙说。也许，他只对于梦允许其不调和性与破坏性，不过，这也许出自他对这些梦幻漠不关心的缘故。

治英爱猫，有一次他去拜访亲戚——津轻城主的旧领地，发现那里的方言将猫称作"茶牌"，觉得很有趣，经常挂在嘴边。有一回，猫借着椅子跳到他的书桌上，用头蹭着他的下巴颏儿。这种小动物凭借无与伦比的温柔，能在生存的恐怖之中出奇制胜，它那慵懒、贵族式的任性，还有那副媚态，尤其获得了治英的喜爱。

猫的滑腻腻的头部抚摩着他的下巴颏儿，这时，他仿佛隐隐约约触到了慵懒的官能世界，一个他所丝毫不要求人性关怀的虚幻、朦胧的官能世界。

对于不惧怕青春的不透明、泰然自若生活过来的治英来说，通过某种感觉的发现，由那种深刻规制自己存在的环境中醒悟过来的一天到了。猫皮毛的滑腻触感突然给他以启示：自己过去一直在追求什么呢？那就是基于对对象的漠不关心而成立的爱，不强求任何人性的义务，丝毫不谦让自己的官能的形式。但他怀疑，这种感触能从人身上获取吗？

治英逐渐明白了，在过去所热爱的众多绘画里，他所付出的与其说是理智的关怀，不如说是官能的关怀，调和与均衡的感觉同这一点丝毫也不矛盾。

实际上，正如从他以往精神生活的素描中所知道的那样，他显得无聊，有时显得凡庸，这就意味着想躲避一切陶醉而因此躲避了理性的陶醉，由于这种陶醉而获得前进的理性的探求被等闲视之。他如此畏惧理性的东西没有错。治英觉得，避免一切陶醉的捷径已经磨练了自己的官能形式，只能将此作为独自的东西看待。

应该如何精练官能？这个主要由诗人们试着用于修行的方法，对于治英是不适合的。例如，面对一朵玫瑰花，丝毫不能诉诸于理性的理解，也不能倚靠概念，只能遵命于官能，运用一切方法，不断改换角度观察这朵玫瑰。我们不能用指甲将鼓胀重合的花瓣掰开来查看，而只能凭视觉仔细审视那一层层花瓣相互重叠的天然结构，随即想象着这朵玫瑰所深深包藏的秘密……但是，这种诗人的自我修炼，是为创造而锻炼官能的方法，和治英的方法不一样。治英的独到之处是在不同任何创造结合的不毛意识中，一定要通过极度利用官能而达到自我觉醒。治英同时终止了中途半端的小说和绘画制作，坚决和创造诀别。

夏夕，风吹过高大榉树的梢顶，传来了小鸟们归巢的鸣声。此时，治英对于自然的浮躁之美总是通过自己严冷的官能加以过滤，然后才试着接受下来。对于他来说，严冷的画布和画纸存在于自己的心灵之中，他只爱永驻于此的东西。外界依然保持着体温，随时准备回应他的呼唤，这种状态使他不安。他只能承认自己的感觉所反映的外界事物。而人，必须将此排除在外。

以官能对峙陶醉，实际上是力求从生命里排斥一切陶醉，这是他的生存方式必然寻求的归结。为避免陶醉而磨练官能，他身负此种逆说而生存，他企图使自己变成一个纯粹的官能的存在，亦即绝对无感觉的官能的存在。既非批评家，亦非创作家，一个理论上最为纯粹的美术鉴赏家，就这样在他心目中产生了。

一幅绘画已经存在于此，就是说较之一切更加巩固的既定的秩序已经存在于此了。既定的社会秩序、法律、道德，与此相比则一概不在话下。而且，在保障他的理智的无关心方面，这幅画所具有的既定的秩序是最为强有力的。现在，我可以粗略地总结如下：在这种思考方法里，战时青年褊狭的美的生活和他血液中存在的祖先权力政治的残影，着实水乳交融地混合在一起了……然而，我首先必须严守肖像画家的本分。

所谓艺术的官能的理解，是艺术最为幼稚的接受方法，同时，又必须是最高级的接受方法。一个身穿成套的上衣、裤子和坎肩，吊着怀表金链子的绅士，看到裸妇的雕像所激起的邪念，由这一场面到达治英所希冀的高度的官能享受，还有着无数阶梯和无数的差异。治英梦想的范围不是艺术家的生活——和计算的生活，而只是极少获取成功的艺术的生活领域。在这里，官能并不亲自出动，而是一直睡在躺椅上，所有微细的艺术的东西围绕着它，向它的感觉谄媚，百般讨好。它周围的世界静止了，完结了，再也不必担心它会如何动摇了。世界已经结束了。这个固然如此，但没有结束的或正在生长途中的东西，完全被排除在外了。

闭锁于此种密室之中的官能受到陶冶，诸如朦胧中的色彩的浓淡、风景、静物、人物优雅的形态，金箔铺底的湖心岛的描绘，夕暮天空烟霞迷离的微妙的色调，载歌载舞的人们额头上不安的阴影，大胆构图中黑色的桥梁，画面一角狂吠的小狗，黄昏中款款飞行的小灰蝶，横切画面的几何学结构的坚固的古木家具，贯穿整幅绘卷的细细飘流的行云……所有这一切，都能使治英感受到官能的魅惑——那种同我们从异性肉体上所获得的快感毫无二致的魅惑。除了以官能包裹终将完结的世界，别无它法。

陶醉过去了，如疾风一般过去了。治英不再回顾陶醉。他那结冰的官能犹如冰花，并未枯竭，而是将瞬间的喜悦化作了永恒。宛若古代金碧辉煌的隔扇画的画家们，用绚烂的屏风和隔扇圈住了权力者们视野，挡住他们的眼睛，使他们看不到瞬息万变的现象。治英凭借自我观念的力量，于自己周围圈起一道五彩缤纷的屏风，遮断了自然。在这个世界之中，人的悟性已经没有发挥作用的余地，也没有必要发挥作用了。

……屏风之外，炮声连天，炸弹飞鸣。人们往来奔走，抱头鼠窜，战争接近尾声了。

下

　　战争结束，不久治英结婚了。

　　这个消息震动了我们，谁也没有想到治英会爱上女人的肉体。

　　其后，有一段时间我没见到治英。听说他出版了一本关于宗达的小书，用那座广大的宅第卖掉的钱缴纳了财产税，全家搬进一所小房子去了。不久又听说夫妻俩生了个女儿，当时虽然偶尔在街上碰面，他也从不邀请到自己家里去。

　　战后的混乱使我们的来往稀少了，战时的交游已经变得十分遥远。虽然在战争期间我们可以随时赴死，但是今后仍然必须继续活下去。

　　治英是怎么生活的呢？

　　女儿出生第二年夏季，刚刚入夏治英就有些身体不适，易于疲劳。他去医院，医生只说是过劳。那时他连续有微热和盗汗，经透视证明决不是肺结核，诊断不过是神经的原因。这次诊断虽然使治英感到放心，但他依然觉得异常疲倦，微热和盗汗一直没有消失。

　　由此，他把这些症状看成是易变的初夏气候不调所引起的，这种看法同他过去的习惯明显地背道而驰。他老老实实承认自然的影响，这是违反他的主义的……

战时，他当然受到了巨大财富的庇护，他可以蔑视自然，超然物外，不受外界的影响。外界无法触动他身上的一根指头。究竟什么样的草木，什么颜色的果实感染了他那端丽而白皙的肌肤呢？

他认为自己的微热和盗汗产生的原因来自自然，他凝视着周围的自然。五月里接连是时晴时雨的不正常天气，大雨裹着嫩叶强烈的香气淋在残留于各地的废墟上……治英一边眺望一边思忖，自己一直排拒的自然界里果真隐藏着和自己的肉体相关联的东西吗？如今，自然不正在企图对他复仇吗？以往的治英是不许将自己的肉体当成是自然的一部分的，这是最可怕的冒渎的思考。

阵雨暂时过去了，云隙间露出一线阳光，照射着废墟上暖炉的砖瓦以及经雨洗涤的白闪闪的石板路。看到这些，治英舒了口气，他感到一种未曾相知的类似恩宠的东西。他觉得这澄明的日光可以一直照射下去，这样一来一切都会变好，不幸就会被埋葬。这时，他确实感觉身体的不快减弱了，自己向着健康跨出了不可动摇的一步。

然而，在这个过程中，对于治英来说，他在自然无常的变化和自身病状的顽固不变之间，很难找到某些因果关系。他改变了看法，认为这种症状就像他所磨练的官能一样顽固，本来就和自然毫无关系。他想，"我不应该觉得自己是个病人"，这种确信不会比医生的诊断更加不可靠。

于是，治英做了自我诊断，他自己创造了一个任何医学书都没有的病名。他想："大概是长期接触的缘故，就像无线电学者为其毒素所侵犯，我也一定是中了艺术之毒。"是的，他不参与任何创造，一味凭借纯粹的官能享受艺术，于是，艺术之美的毒素作用于他，引起这种微热和盗汗。在夫人亲切的规劝下，治英叫来战前就在显贵之中颇有名望的指压按摩师，本来说经过数次治疗就会痊愈，可是一直不见任何效果。

他的思考方法已经开始动摇。这时他才想到，那些无害的、自己曾经亲手拔掉牙齿的幸福的艺术品，即使全凭想象，也会发散无形的毒素，变成忌讳之物、危险之物。佩特那种闲雅、宗达那种色彩与形态无与伦比的礼节，即使在这类作品中，治英不知何时也嗅出一种毒素，甚至从美术作品的色彩本身也能找出这种要素来。就像从自然中抽取某种毒草药物一样，杂生于自然之中的时候不会产生多少毒害，一旦变成药物就当做杀戮之药使用。

艺术上的秩序只是自然秩序的部分夸张，是自然界里与其他要素保持亦敌亦友关系的某种强烈的要素失去均衡的表现……这种想法过去决不会出现在治英的头脑里。他曾经喜欢把优秀的绘画当做小型的宇宙，而今他却把这些看成是宇宙秩序的碎片、陨石、脱离秩序之物以及暗示秩序的崩溃。他在这里发现较之陶醉更坏的东西。

说着说着夏天来了，炎热的气候完全剥夺了治英的活力。他透过窗户眺望焚烧过的城市上空那一团团乱积云，眼睛已经无法承受云彩过于强烈的光芒。仰望炎天一阵目眩，面对阳光辉耀的陡坡，一开始攀登心头就怦怦直跳，喘不过气来。此外，治英害怕车站周围自由市场上刺耳的喊叫和可厌的喧嚣，每当从前面急步走过，他就怀疑自己的疾病是这种无法适应的新的野蛮时代带给他的。一天，他的手足尖端很疼痛，出现了红肿。他害怕扩散，久久地盯着患部，沉浸于忧郁的思虑之中。但是，过了两三日红肿就消失了。虽说是夏天，这个时候治英的脸色比大理石还白。那些被阳光晒黑了的青年们，都以轻蔑的目光回头盯着他那死人般苍白而端丽的面庞。

治英住院是在八月过半以后，这年残暑十分酷烈。

他得了败血症，一种长久而缓慢的败血症，血液检查发现绿色链球杆菌。这种细菌从咽喉进入体内，附着于患瓣膜症的心脏而引发败血症。这种病有个很长的名字，称作亚急性细菌心脏内膜炎，这种罕见的疾病在青霉素出现前很少能获得转机，所以令人谈虎色变。医生明显看来是害怕耽搁，住院当日就做了化验，连续三周注射青霉素。

医生叫他静养，他于是转移到另一座大楼古旧的病房里，整天躺在病床上。天气酷热，竖立在病房里的冰柱很快融化了。

这里位于连接医院本部的一条古老长廊的尽头。这条走廊比起他们过去旧宅中的走廊还长。人穿着草鞋走在上面，不论多么小心翼翼，那些老朽的木板依然毫不客气地发出好大的尖叫声。病房面对杂草丛生的中庭，院子里污秽的八角金盘展开硕大的叶子，微微显露出长满黄色细毛的枝干。还有两三棵细小的绿叶簇簇的杂木。比其他植物更加繁茂的杂草覆盖着地面，开着粉白而野卑的小花，有的穿过板缝长到走廊的角落上了。对面大楼歪斜的窗户下边，有块地方终日不见太阳，上面满布着令人生厌的苔藓。

治英时时从枕头上抬起头来，瞧瞧这座对自己没有任何好处的庭院。从早到晚，蝉躲在稀疏的树叶里叫个不停，这是一种无间歇的啼鸣，似乎连同溽热的杂草一起，甚至整个庭院整日都在高声喊叫。幸好，早晨时而有小鸟的鸣叫，到了午后，不知打何处飞来几只鸽子，散落在草地上觅食。杂草丛里印着鲜明的日影，升起的阳光仿佛压抑着庭院的空间。这时，他想到妻子不在身边，突然感到不安起来，他呼叫护士，心情十分烦躁，一直不停地按铃，直到她迅速跑来为止。

尽管如此，他还是相信不久就会痊愈。他立志向着既定的目标，暂时生活在真正的人的感情之中。优雅、冷寂、优柔的心灵，他相信这就是自己原本的一颗心，尽管有时候焦躁不安，但对于妻子，对于抱在妻子怀里的女儿，对于护士，一概都是一副亲切、宁静的面容。他有时也开开玩笑，一边转动着那双大眼睛，一边含笑说着不带任何恶意的风凉话。目前，他是一位杰出的病人，不急不躁，也不叫苦，实际上是以淡泊的心情过着疗养的生活。

疾病不过是源于细菌，他想象中的疾病一旦证明是这种细菌造成的，就权当是一桩可笑的幻想故事忘却了。这是一种同艺术没有任何关系的疾病，这种疾病和作为美术素材的可视的自然也毫不相涉。

何谓可视的自然？眼下，那只不过是镶嵌于粗劣的窗棂里、于枕上抬头一见的空无一物的庭院。这，就是一切。即使在不加凝视的时候，庭院空虚的幻影也鲜明地印在头脑里。为了摆脱这种幻影，他想把这座庭院描画下来。虽然病情不允许他拿起画笔，但久久遗忘的绘画的意欲又在心中升起。他多次在心中反复打着腹稿，该排除的加以排除，使那过于对称的建筑物外形略显歪斜，仔细斟酌残留下来的空间的大小……治英相隔很久又想当画家了。然而，越是苦苦思索越是不得要领，庭院挤占了他的日常生活，决不肯将其存在转让给艺术品。他从未碰到过如此粗野的素材，同时作为一种素材，也从未像现在这样阴森森渗入他的日常起居，于尚未被描绘之前，抢先以自身生鲜的颜料涂抹着他的生活。

这座充塞着杂草热气的空无一物的荒寂的庭院，已经使得任何画笔都无法转动了。它的实际存在蔑视治英，早已打败了治英。他心情颓唐地回想着已经变卖的宅第，想起三楼那间美丽的小屋的窗户。那扇切割一角蓝天的小窗就是画框，透过窗户望到的晚霞原本就是一幅绘画。本来仅仅喜爱蔑视自然的艺术品的他，如今终于承认回忆中的夕照的天空就是"原本的绘画"，本身就是一件美术品。

……不一会儿，治英听到长廊里远远响起清脆的脚步声，那是查房医生为他施行每日一次的注射来了。

"我的一颗人性的心，埋葬了对于艺术的热爱。"有时，他这样想。然而，这并非难于忍耐的思考。他期待着早日康复。他暂时关闭洗炼的官能，以一副毫无防御的病弱的肉体直接接触外界，所以才发生了这种事情。

……夏季一天天过去了，这是有生以来最难熬的一个夏天。

三周注射终了时，夜里已经增加了凉气，窗下可以听到虫鸣。治英的身体逐渐好转，大约再继续静养一两个星期就能复原了。事实上，微热和盗汗消失了，食欲增加，没有任何胸闷的感觉，也可以在床上坐起来。他掐指计算着出院的日子。

但是，好转只是表面现象，一天夜半，他从无名的憋闷中醒来，背上汗流津津，一睁开眼睛，汗就像晚潮涌来，晾干后凉湿湿的好难受。第二天整日觉得胸闷，午后的体温已经超过微热，症状和注射前一样，不，也许是心理作用吧，病症又回到了原来危笃的状态。

医生告诉治英，可能是药量偏少的缘故，决定观察一周之后，再度施行第二次增量连续注射。治英毫无表情地倾听医生的说明，他那挺秀而白皙的鼻梁，因为长期病卧而较原来更加突出了。

……其实，我的这幅肖像画正是从这里起笔的。

稍稍瘦削的面颊，尖尖的略显苍白的鼻梁……治英打从听到第二次注射说明的翌日，就将自己如此精练的个性舍弃了。还有那精妙的官能，冷寂的心灵，沉静的微笑，高蹈的幽默，以及轻声哼着鼻子的习惯，也都一股脑儿舍弃了。

然而，真正的肖像画是从这里开始的。今天，洁白枕头上的这副俊美的容颜，简直就像古代悲剧演员的面具，仅仅成为他留下来的一个个性的遗品、个性的隐藏所。真正证明他的存在的，只有闪着疲惫眼神的宁静的大理石般的面孔。肖像画的职能正是从这里开始。

第二天清晨，长期住在会客室的夫人注意到及早醒来一直望着天棚的治英。昨天，他嫌弃聚集在天棚上的累累蛾卵，夫人迅速扫除掉了，她以为治英又发现了新的蛾卵。

"您醒啦？"夫人问道。

治英没有回答。不久，他说："现在，我正想A君、S君和K君呢。"

他们都是亲密的朋友。

"A君四五天前来看望过您。"

"他就是那种人哪！"

"什么？"夫人反问他，因为她从未听到过治英这副腔调。

"他是个伪善家，我讨厌那个家伙，不希望那种人来看我。"

"可他看到您有好转，说感到很高兴。"

"那家伙好出风头，他巴望我生病从此踏步不前。"

"唔，会有这种事？"

年轻的夫人同样出身于显贵，很不习惯于这种思考，但是她长着一副和他十分相像的白皙的五官端丽的面庞，时常被人误认为治英的妹妹。不过，她要习惯也不需要花很长时间。为什么呢？因为自那之后，治英就不断地对人表示诋毁、憎恶、嫉妒、艳羡，甚至诅咒，对妻子说话也很刻毒。

一个濒死的病人无意识地被死亡的预感所驱使，为了使热爱自己的人易于诀别，一个劲儿促使对方厌恶自己，这一说法确实有着某种真实性。不只是因为病苦和焦躁，病人一味的为所欲为里，隐含着生之执著以外的别一种动机。

治英突然舍弃自己短暂生涯中的美丽、淡白的性格，变成一个具有"人情味儿"的人。他对于富于人性的东西那种优雅的冷寂不见了。而且，一天的生活之中，无数次重复着强烈的爱和强烈的恨，这成了他的新习惯。

前来探病的人们围绕在初秋时节罕见的静寂的病床四周，蓦地麇集着一团人性的幻影。对于那位同班旧友、同样从事美术评论、战后名声鹊起的A，治英是如何以嫉妒的目光看待他啊！尽管如此，他在朋友中依然最喜欢A，关于这一点，即便未曾经历过感情问题的年轻夫人也十分清楚。治英将妻子置于一旁，滔滔不绝地谈论着A为了出卖自己玩弄种种策略，巧妙利用恩师的手法，弄虚作假以博取世间喝彩，还谈到他学问浅陋，特别强调他对美术的感觉平淡无奇。不过，他的每句话都带有空前的热情，仿佛对于世人难以理解的野心，从心理上激起一种贪婪的探求欲望。治英对于生命的关怀变得昂扬起来。人们尽管有巧拙之别，但都能越过众多障碍生活下去，他对这种生之技术很感兴趣。经济条件也成为治英考虑的对象，而且本来贫穷的人，较之富裕的人，至少在积极出世、博取功名方面更加富有旺盛的精力。

另一方面，本来和眼泪无缘的治英，最近只要看到时而前来探望他的小女儿、这个尚不懂事的独生女就要流泪，有时忿忿然留下妻子同宿，深夜又把妻子叫醒，将头靠在她那少女般的胸脯上，又哭又喊："我不想死！我不想死！"然而，那眼泪实在不适合于治英那张端丽而冷艳的脸庞。

秋渐深，治英越来越衰弱了。然而，他的眼睛仍然炯炯有神，不断寻找着憎恶和怨嗟的题材。他让妻子讲述了自己早已不能时时从枕头上看到的那座荒寂的庭院的景象，当听说那些在夏季散放着有毒热气的杂草渐渐发黄而枯萎的时候，他感到非常高兴。

他的憎恶也针对那些随心所欲进行医疗试验的医生们，他当然不会出于顽固的癖好随便谩骂，但当他听到走廊上远远传来他们的脚步声时就大加非难，对妻子说某某医生喘气很臭什么的。治英或许出于某种禁忌，对治疗的巧拙从来不置一词，只是医生们的无礼言行，那种一见便有一种不洁之感的长相，还有护士长那种可厌的妄自尊大的态度，都一一遭到他的批评。

他对秋月的盈亏极富感情，当发现月光照耀自己窗户的日子变少了，就责怪妻子。放在床头柜上的黄色药水瓶的位置，在他神经质的命令下，不许动一分一毫。他计算过，满月之夜，月光照到枕畔，穿过淡黄的药液，玻璃瓶上凹凸的小格子就变得更加鲜明。但是那天晚上，月亮刚照到窗边就从他的视野里退出去了。

终于，治英开始憎恶那些他过去所挚爱、自以为受到它们庇护的艺术品了。还是在对于疾病的康复满怀希望的时候，他的病床旁边轮番送来了各种画集，这些东西使病人既能娱目，又能养神。可是现在，画集全都远离了枕畔。

美已经过于沉重，美，该怎么说呢，它好似厚重的被子，沉沉压在病人的胸脯上。

他从前不可谓不幸福，关于过去，他作了种种怀想，他感到随处都排列着完美的美术品，完美的屏风，妨碍着回想的直接流露。别人创作的艺术品规范了他的人生。啊，即使自己力不能及，也要从别人创造的色彩和形态中寻出至上的东西，由于比其他千篇一律的色彩和形态更美，因而可以寄托自己的人生——治英深切地体会到，这是错误的。更好的色彩、更好的形态，预先选择好这些东西，以此网罗自己的人生，这是要不得的。更好的东西总是包裹于薄明之中，包裹于氤氲的未知的迷雾之中，它不能不躲藏起来。

他如今非常憎恨过去那些过于率直的朋友，他们在学校杂志评比会上肆无忌惮批评他的作品，将其一手扼杀。而且，自己不该那样麻木地接受下来，现在想想实在追悔莫及。他本来可以毫无顾忌地进行创作。他应该委身于创造的喜悦之上，哪怕是不确定的粗杂的喜悦……

十二月上旬一个寒冷的早晨，我听到了治英的死讯。我邀约向我报告这个消息的朋友一道，首次造访了治英的新居。那里位于一条陌生而弯曲的小路尽头，没有铺设柏油的路面化霜了。

好容易找到那里，周围静悄悄的，只是一座仅有两三间住房的宅第。推开小小的正门，紧挨着的就是客厅兼起居室。一只火钵团团围绕着十多个神色严肃的人。

身穿丧服的年轻夫人领我们走进里屋。她的眼睛哭得红肿，我们不敢正视她的面孔。

屋子里的人们膝头挨着膝头，无言地并肩而坐。六铺席的房间中央，停放着治英的遗骸。

夫人揭开脸上的白布，我们被美丽的面容惊呆了。脱去人的肤色的白皙包裹着希腊风的容颜，端正的鼻梁无与伦比，嘴角收拢，俨然一座雕像。然而，浮现于遗容上的无可形容的晴朗使我放心了。实际上，这种晴朗并非心灵的展现，而是严整的脸形本身所显露的晴朗，一直持续到死后的缘故。

枕畔坐着一位披着外褂、上了年纪的人。这人的面色似乎比死者更加黯淡，缺乏晴朗。他瘦骨嶙峋，须发皓白，眼睛困倦得几乎闭在一起了，鼻子松弛地下垂着。而且，顽固紧闭的嘴角，时不时微微地颤抖着。

我看到他那搭在外褂上的手。人们很难看到如此细白、清洁、衰弱无力的手臂。然而，这双手形状优美，一根根纤细的手指从显露出青色静脉的手背上伸展开来。每一根指头都在细细颤动。

年轻的夫人为我们作了介绍。

他是治英的父亲柿川侯爵。

昭和三十二年八月《中央公论》

葡萄面包

一

　　八月夜里十一时半，杰克背对着海浪的白色的牙齿，从由比浜饭店一侧，沿着开凿出来的广阔的谷底沙石坡路独自攀登。

　　他是从东京搭便车好容易到达这里的。本来，他要在江之岛电气铁路稻村崎车站同皮特、海姆内尔以及纪子会合，现在早已过了约定的时间，结果又被车子随便甩在这个陌生的地方。不过，从这里也有通向目的地的道路，只是绕了一个大弯子，路也远多了。

　　皮特几个或许早就对他不抱希望，直接去目的地了。

　　杰克二十二岁，一个透明的结晶体。他一直想使自己变成个透明的人。

　　他英语很好，做过科幻小说兼职翻译，有过自杀未遂的经历，生着一张清瘦而美丽的象牙白的脸庞。这张脸不论怎么挨打都不会有任何反应，所以谁也不去打他。

　　"你要是忽地跑过去撞他，就会觉得不知不觉间好像从他身体里穿过去一样，真的。"

　　一个到现代爵士音乐商店的人这样评论杰克。

　　——两侧刀劈般的悬崖插天而立，天上星星很少，登着登着，背后海浪的轰鸣和收费道路的车声渐去渐远，剩下的全部是浓重的黑暗。沙子从胶底草鞋内裸露的脚背上流过。

杰克想，黑暗在一个地方结扎起来了。黑暗这个大袋子的开口结扎起来，吞并了许多小袋子。那些似有若无的小破洞就是星星，此外再没有一个光的破洞了。他将身子浸在黑暗里走着，黑暗似乎也渐渐浸透了他。他感到唯有自己的脚步声远远离开了自己。他的存在只能使空气微微荡起细浪。这种存在被压缩得极为细小，他根本无法排除黑暗，他只能从黑暗的微粒子的细缝里穿过。

为了摆脱一切获得自由，为了完全的透明，杰克没有给自己带来麻烦的肌肉和脂肪，只有跳动的心脏和白糖点心似的"天使"的概念……

所有这些，也许都是安眠药造成的影响。走出公寓之前，杰克将五片安眠药羼进一杯啤酒里喝了。

此时，他已经登到高坡顶上，山坡展现着广漠的台地，对面停着两辆汽车，看上去就像有人在坚硬的沙地上扔下两只破鞋。

杰克跑起来了。"跑起来了呀，我跑起来了！"他拼命追逐着自己。广阔的道路一直连接着台地的对面，自那一带起右面是深邃的溪谷，谷底沉淀着更加浓重的黑暗。突然，杰克看到一股斜斜的火焰灼灼升起，就像决堤的洪水，从这一点上看，黑暗就要轰隆隆地瓦解了。

杰克踏着干枯的草丛，一边在不成道路的沙地斜面上滑行，一边朝谷底奔跑。他感到自己就像一只滑进糖罐子里的苍蝇。

谷底嘈杂的人声接近了。谷内更加曲折，刚才看到的巨大的火焰不见了，唯有声音近在咫尺，并没有出现人影。脚边的石头越来越多。石头就像在梦中，突然胀大，妨碍着步行，又忽然钻进沙子，变得平实了。

来到山崖一角时，杰克看见对面斜坡上跃动着一群巨大的影子。终于出现了篝火。然而，那火势又猝然衰微，在凹凸不平的沙石地上来往的人们，只有交织的脚边隐隐发亮，脸孔依然包裹于黑暗中浮动着。

其中，唯有又说又笑的纪子声音特别响亮。

"算了吧，我也是贵族出身，我们家有八口人。管它什么蝴蝶、鲜花，还是跳蚤、虱子，反正我是个娇小姐啦。"

——这时，杰克绊到一团黑黑的、比暗夜还黑的东西上，他不由用手一摸，错了。他的手触到了肩膀的肌肉上，虽然汗津津的，但异常冰冷，肌理细腻，简直就像黑色黏土捏成的一般。

"Never mind！"①

黑人哈里叫道。接着，他朝夹在膝间的康茄鼓上敲打了一下。那沉滞的音响向周围逐渐扩展，回荡于山山岭岭之间。

---

① 英文，没关系。

二

聚集在现代爵士音乐店的这群人，打算今年夏末在海滨举办一次小型宴会。他们要在沙滩上跳摇摆舞，摆上烤猪肉。虽说不知道个中缘由，但这种野蛮的舞蹈场面还是必要的。大家兴致勃勃分头寻找场地，最后选择了这个无人的山谷。到府中采购猪肉的人，因为预算不够，只抬回来半条猪身子。

那种俗恶的海水浴场，那种人群混杂的地方，有谁会相信，离那里不远居然能找到一块如此的荒蛮之地呢？不管怎样，这是他们梦寐以求的宝地，在这里能使他们磨破的短裤发出缎子般的光彩。

场所——必须要选择，洗涤，加以圣化。因为他们将霓虹灯、污染而破损的电影广告、汽车的废气以及前灯，都当做他们的野外之光、田园之香，当做苔藓、家畜、自然之花朵，所以，这次他们向往凝练着技巧的地毯般的沙地，向往倾尽人工的装饰品似的"绝对的星空"。

为了治愈这个世界的愚劣，首先要进行一种愚劣的洗涤，要拼命将俗众认为是愚劣的东西加以圣化。模仿他们的信条、他们商人般的努力。

可以说这就是举办小型宴会简要的趣旨。他们三四十个人于深夜里集中起来，这就是他们的时刻，他们的工作时间，他们重要的白昼。

篝火一下子熄灭了，又一下子燃旺起来，杰克知道，那是猪油引起的。猪肉已经穿在钢叉上烤了，有人不住向上头浇价格低廉的红葡萄酒。看不到面孔，只有手在火焰里摆动。

黑人哈里的康茄鼓继续响着，沙地上的几个人跳起了摇摆舞。地面满是石子，他们踏稳足跟，扭曲着膝盖和腰部，慢慢地跳着舞。

一侧的悬崖上堆积着一箱箱啤酒和果汁。碎石间扔着空瓶子，外表微微映着夜的光亮。

杰克的眼睛已经适应了黑暗，他看不清楚麇集在这里的人的面孔。篝火的火焰低俯在地上，反而阻挡了他的视线。每一个暗角忽闪忽灭的打火机和火柴的光芒，映射着视野的一端，扰乱了他的眼睛。

声音也不能帮助他识别。有的狂笑，有的吵闹，忽然这些声音又被周围的黑暗所压倒，渗入到黑暗之中了。同时，这种黑暗又不断地被哈里的康茄鼓声和那可以窥见桃红口腔一角的高亢的喊叫撕开了。

但是唯有纪子例外，杰克立即循声而去，一把抓住她那纤细的灯芯般的腕子。

"来啦，一个人吗？"

纪子问。

"啊。"

"大伙在稻村崎车站等你呢。没想到你心血来潮先跑到这里来了。你真行，倒没有迷路。"

纪子在黑暗里撅着嘴唇。看见她那面颊到嘴唇的一丝颤动和倏忽闪亮的斜眼儿，杰克像平素的问候一样，将自己的嘴唇贴着纪子的嘴唇轻轻一擦就走开了。仿佛向竹筐里吻了一下。

"他们都在哪儿？"

"海姆内尔和皮特都在那儿，戈基也在。女人一不来那小子就容易上火，最好不要去碰他。"

杰克的名字人们叫惯了，可是戈基的名字不知是什么意思，是出自一种豪气吗？

纪子拉起杰克的手，穿过舞伴们的空隙，一起走到坐在悬崖边岩石上的一群人面前。

"杰克来啦。"

海姆内尔慢悠悠抬起手回应着，黑暗中他依然戴着墨镜。

皮特故意点亮打火机，在自己脸孔前边左右摇晃。沿着眼睛的上缘描画着一条蓝线，高高吊着的眼角附近，银粉被火焰映得闪闪放光。

"这副脸孔，要干什么？"

"皮特等会儿要表演呢。"

纪子从旁加以说明。

戈基半裸，闷闷不乐地靠在旁边的树上，然而一看到杰克，就穿过黑暗走来，盘腿坐在沙地上，大肆吹嘘啤酒多么多么好喝。

"真棒！"他说。

杰克不太喜欢戈基，但戈基老是对他示以亲密之情，有时也带女人到他的公寓来玩。

戈基练健美操，有一副骄人的身材。他浑身都是肉疙瘩，哪怕动动手脚，也会像闪电一般发生敏感的连锁反应。这个世界没有意思，人们都是愚劣的一群。在这一点上，戈基和大家意见一致。但是，他一味增长筋肉，欲借助这道屏风遮挡其他无意义的风。于是，他只能在筋肉本身所具有的性质——盲目的力的黑暗中睡眠。

对于杰克来说，最感困惑的是戈基那种肉体存在的不透明的性质。他一旦站到自己面前，就遮断透明的世界，他那带着汗味儿和体臭的强健的身子使得杰克一直努力维护的透明的结晶浑浊起来。他不间断地夸示力量，那是多么令人心烦！他那甜腻腻的腋臭，他全身的汗毛，他的不必要的大声喊叫，所有这些，即使在黑暗之中，也像脏污的内衣一样明显地存在着。

如此的厌恶使得杰克的心产生奇怪的颠倒，他徒然说了些无用的话：

"我那次自杀，正是这样一个晚上，就是前年的这个时候。这两天差点儿成了忌日，真的。"

海姆内尔带着浅笑说道：

"要是把杰克火葬了，就会像冰块一般一下子融化掉。"

总之，杰克又活了。他错误地认为，自己要是自杀，那些浑浑噩噩的俗众的世界同时也会灭亡。他失去意识后被送到医院，不久苏醒过来，看到俗众的世界依然生机勃勃包围着他……既然这些人不可救药，那我只有活着，他想。

不久，皮特站起来，把杰克领向篝火旁边，一面问他：

"你认识戈基的女人吗？"

227

"不认识。"

"戈基说她是个绝代佳人，具体情况不清楚。假如她不会撂下戈基不管，那么天亮之前肯定会到这里来的。"

"说不定已经来了，这样黑看不清脸孔，等着在朝阳下看个清楚吧，那才是最好的办法。"

微风拂拂，飘来猪油气味的炊烟，两人转过脸去。

三

　　杰克去找啤酒。距离很短，可他竟绊到了几块石头和旅行包，还有一团柔软的东西。有一对男女像行李般紧紧抱成一团，嘴唇对着嘴唇，杰克用胶底草鞋轻轻踢了踢，他们一动也不动。

　　戈基的女人在哪里？她好像在吵吵嚷嚷的新来的一堆人里，又好像在黑暗的草丛后面，或者在烟雾翻卷的杂木林中，又或许躲在悬崖斜面那触到了就会散落下来的沙堆后头了。如果是"绝代佳人"，只要这张面孔存在，不管在哪里，都会穿过黑暗漂浮着微光。这黝黯的山谷，充溢着潮风的星空，即使在那些地方，那张美丽的容颜也会光芒闪耀地浮现出来。

　　"来，开始举行仪式，开始。跳完舞分配烤猪肉，好吗？都过来，把篝火燃得更旺些！"

　　发出吼叫的是吃了安眠药说起话来东拉西扯的海姆内尔，他那突向篝火近旁的墨镜，映出火焰微细的画面。

　　康茄鼓声停了，原来哈里在用烛火熏烤鼓皮。这时，谷底的人们都沉默不语。几点香烟的火星，萤火虫一般停歇在周围的黑暗之中。

　　杰克终于找到了啤酒瓶子，他让旁边一位露着白牙的陌生男子，用其有力的门齿咬开塞子。白色的泡沫从男子嘴角流到衬衫的前胸上，他再次露出白牙自豪地笑了。

再次敲响的康茄鼓声音高昂。皮特穿着游泳短裤奔跑起来。这时，篝火越来越旺，映着他那涂满花纹的颜料和银粉的身子闪闪烁烁。

杰克不理解皮特为什么如此陶醉。他为什么跳舞？是因为不满？还是因为幸福？或者觉得比死更好一些？

透明的杰克想，皮特究竟相信什么呢？他的身子映着篝火在跳跃。皮特有一阵子每晚像棉被一样，披头盖脑向他倾诉苦恼，那些话难道都是假的？孤独像大海一样怒吼，跨乘着灯火璀璨的夜市，接着还打算如何跳下去吗？

杰克相信在这个地方，一切都会停止下来。至少杰克停止了，而且稍稍变得透明了。

尽管如此，一种不连续的记号似乎从人身上掏取着什么。皮特将此撒向周围的黑暗，就像撒出五彩缤纷的画片……杰克不觉之间也用自己的脚打起拍子。

皮特涂着眼影，一旦仰起脸来，眼白就闪现着火焰的光芒，犹如黑暗中一滴巨大的眼泪……不一会儿，一个腰缠豹子皮的男子，一只手握着蛮刀，一只手提着不住颤抖的白色的活鸡出现了。他就是戈基！

戈基汗淋淋的胸肌，在篝火的光焰里闪闪出现了。杰克只看到比周围的黑暗更加浓烈、闪着橘红色肌肉的光亮的黑暗。

"看，要动手啦，动手啦！"

周围的年轻人说道。戈基想证明什么呢？他那粗大的手臂，将活鸡摁在石头上，鸡在挣扎，白色的羽毛散落下来。它以梦幻的速度裹着火焰的气流高高升起，白色的羽毛飞上了天空！杰克很清楚，这是肉体苦闷时感情上的轻快的飞翔。

杰克不再看下去。砍下来的蛮刀发出巨大的声响过后，石头上再也听不到叫喊，看不到鲜血，鸡翻转着身子，身首两处。

皮特疯狂地抓起鸡头，在沙地上旋转。杰克现在总算理解了皮特的陶醉。皮特再次站起来时，他清楚地看到这位少年平平的胸脯上印着一条血痕。

恶谑中的死亡，这种丑化的死的结局，就连鸡头鸡身本身也一定难以理解。那双睁大的呆傻的眼睛，无疑充满着无限的疑问……然而，杰克没有看到。玩笑中的圣化。连着红色鸡冠的鸡头所得到的一时的光荣，在杰克毫无残酷性的冰冷的心灵中，印下了微微殷红的影像。

"可是，我什么也没有感到，什么也没有感到啊！"

皮特抓起白色的鸡头原地站起来，围着篝火转着圆圈跳舞。圆圈疯狂地展开，他只选那些看热闹的女人，将鸡头压在她们的脸上转动着。

一阵阵惊叫连环地响起来了。女人们的悲鸣怎么都那样一致？杰克想。其中，一种格外美丽、清澄，近乎悲剧的叫声升上星空，消失了。杰克从未听到过这个声音。这一声悲鸣，看来就是戈基那位"绝代佳人"的叫喊。

四

——杰克是个很会交际的人。

他在沙子和草丛里一直睡到早晨，被众多蚊虫叮咬。白天和大伙一块儿游泳，晚上拖着疲惫的身子一回到东京的公寓，就不知不觉地睡着了。

一觉醒来，公寓四叠半房间寂静得令人害怕。到了早晨为何还这般昏暗？想到这里他看看钟表，原来仍是当天晚上十一点。

开着窗户睡觉，还是没有一丝风，睡醒的身体像抹布一样浸满汗水。他打开电扇，从书架上抽出一本《马尔多罗之歌》①，趴在被窝里读起来。

他重读了自己最喜欢的马尔多罗和鲨鱼结婚的那一章。

"……那些迅速冲开海浪、浩浩荡荡游来的海里的怪物是什么？"

那是六条鲨鱼。

"……但是，在那水平线上泛起浪花的又是什么？"

那是一条巨大的雌鲨鱼，她不久就要做马尔多罗的新娘子了。

放在枕畔的闹钟，不顾电扇的鸣声，发出凝重的声音不停地走着时间。这是杰克生活中具有讽刺意味的装饰品，他从未将闹钟当做叫醒自己的工具。他的意识就像昼夜不停流动着的细水，他要在这种意识之中保护水晶般透明的自己，这是他长年以来每夜的习惯，闹钟将他的这种习惯不断喜剧化了。闹钟就是他的良友，就是他的桑丘·潘沙②，这种廉价机械的声音是极好的慰藉，使他一切的持续变得更滑稽了。

闹钟，自己亲手做的煎鸡蛋，早已过期的月票……还有鲨鱼，不可缺少的鲨鱼。杰克努力回想着。

他心里回忆着昨夜那场要说多无聊就有多无聊的集会。

鸡头、烧焦的猪肉……然而更加悲惨的是黎明。大家都在期待一个美好的、千年难得一见的壮丽的黎明，可是迎来的却是最最目不忍睹的、最坏的黎明。

最初的薄明照亮了山谷的西侧，他们看到，装饰着他们的"蛮地"的树木是那样难看，湿漉漉地垂着头，只不过是随处可见的一堆杂木。这还好说，当光线徐徐滑向西侧的斜面，漂白粉似的白色的光线充满山谷的时候，啤酒、果汁、可口可乐空瓶子的残骸，燃烧中崩塌的火堆，随处丢弃的玉米棒上污秽的齿痕，散乱无序的各种袋子，悬崖、草丛、沙地上随处躺卧的紧紧抱合着的一对半开的嘴巴、口角边上的髭须、斑驳的口红，还有散乱的报纸（啊，深夜大街上看到的那种富有诗意的报纸，在这里显得多么可怜）……所有这一切，形形色色，全都暴露在阳光之下了。这里是被俗众的远足杀戮的现场。

有人晚上就消失了，天亮时戈基不见了踪影。

---

① 法国诗人、作家洛特雷阿蒙（Le Comt Lautreamont，1846—1870）的作品。
② Sancho Panza，西班牙作家塞万提斯的小说《堂吉诃德》中主人公的随从。

"戈基不在了，女人终于没有来，也许逃走了。那家伙是个死要面子的人。"

皮特说。

"不知哪一天，应该说是个不吉利的日子，我包裹于美和纯洁之中成长起来。人们异口同声赞扬我是个富有智慧的善良的神童。我也是相当有良心的人，一看见受到灵魂主宰的清纯的面颜，自己就感到羞愧而脸红。而且，但凡接近一个人，总是怀着尊敬的心情。因为从对方的眼睛里，我窥见了天使的眼神。"

杰克的天使的观念，也许就是马尔多罗的诗句培养的。咔嚓，咔嚓，枕畔的闹钟无法回应他，只好发出通俗的笑声。天使烤猪肉的观念朦胧出现了，看来他是饿了吧。

遇难船只沉没的大海，满载着世界的财富、爱情和所有意义的遇难船，他们总会在某处海洋里看到的。远处天空倾斜的玻璃秤。走在沙滩上的三条狗优雅的呼吸……杰克自杀前夕，觉得自己掌心里摇动着骰子，感觉就像摇动地球。骰子为什么就不能是圆的呢？假若骰子是圆的，所有的点儿就会次第出现，一时难以成为定局，赌博永远也不会有输赢……

杰克肚子饿了，这才是全部的原因。他站起来去开碗橱，他没有冰箱。

没有一点儿吃的东西。

"游泳的男子和被他救过来的雌鲨鱼相向而立，你看着我，我看着你，互相对视了好几分钟……"

杰克突然感到饿得要死，他摇摇饼干盒子。只能隐约听到盒底一点儿碎屑的声音。碗橱里面一个夏橘霉烂了，长出了绿斑。这时，他发现碗橱边缘有一列小小的红蚂蚁。他将蚂蚁一个一个地捻死，咽了一口舌根里积攒的唾液。最后，他终于在碗橱深处找到买来后忘记吃的半斤葡萄面包。

几只蚂蚁钻进面包的葡萄干里了。杰克胡乱地用手将蚂蚁拂掉，又趴在被窝里，就着台灯的光亮，仔细地查看面包表面。接着，又从葡萄面包里捏出两只蚂蚁。

他咬了一口，味道又酸又苦。他从边上一点一点地咬着，倒不在乎味道，只是为了保证漫漫长夜里的干粮。面包保持了奇怪的柔软性。

"两人为了不互相失散，各自绕着圆圈游着，心里都在打主意——我以往错了，这里有比自己更加邪恶的东西。两人的想法完全一致，雌鲨鱼用鱼鳍划水，马尔多罗用手臂击水，两人怀着赞叹的念头滑过水面互相靠近了……"

……

——杰克听到敲门的声音。

刚才走廊里就响起了杂乱的脚步声，还有人撞到了墙上。因为这座公寓有不少人很晚才回家，所以没有在意。

杰克啃着葡萄面包，走过去开门。突然，就像一道屏风倒地，一对男女摔倒在屋子中央。房间剧烈地摇晃起来，台灯倒了。

杰克反手把门关上，他望着这对深夜来客，似乎觉得不值得大惊小怪。男的是戈基，翻卷的夏威夷花衬衫里露出了劲健的背肌。

"脱掉鞋子吧。"

杰克说。于是，两人互相伸长手臂胡乱拽去对方的鞋子，顺手扔到了房门口，笑得浑身哆嗦起来。两个人呼出的酒气立即弥散了逼仄的房间。

杰克深深地盯着女人那张闭目含笑的白皙的面孔。这个女子他初次见到，生得十分漂亮。

尽管闭着眼睛，但她知道有人瞧着她。那张脸像白瓷一样沉静，即便于酩酊之中也显得故作矜持，小巧的鼻子气咻咻地喘息着。头发遮住了半个额头，呈现秀美的波浪形。紧闭的双目微微鼓胀着，隐蔽着敏感的眼珠的转动。修长而整齐的睫毛深深锁在一起。樱桃小口，嘴角微微翘起，看似冰雕玉砌，一副娇滴滴的样子。话虽如此，但她那副面容却蕴含着唯有二十四五岁成熟女子所独有的威严。

"绝代佳人"不就是她吗？杰克一边咬着葡萄面包一边琢磨着。一定是戈基为了挽回失去的面子，一整天都在到处寻找这个女子，如今把她带到这里来了。

"没有被子，坐垫倒有两三个。"

戈基没有吭声，眼角荡起笑意。这汉子今夜定是铁了心地一言不发。

杰克用脚聚拢了三个坐垫，踢到戈基的背后，然后回到自己的被窝，依旧趴着身子，一边啃着葡萄面包，一边继续看书。

女子拒绝的声音渐渐高起来，杰克放下书本，支起一只胳膊瞧着那边。

戈基已经全裸，蠕动着汗光闪闪的肌肉。女人身上只有一枚胸罩和一件三角裤，装出一副梦呓的口吻推拒着。那女体就是聚积起来的一堆黄橙橙的肌肉。

这期间，女人显得很安静，杰克又调过背去，啃着葡萄面包看书。

杰克没有听到背后开始时应有的声音和喘息。因为时间太长了，他有些厌烦。再一次越过肩头望去，女人已经全裸。两个人抱在一块儿，随即发出火车赶点儿似的呼哧呼哧的喘息。汗水从戈基雄健的脊背不住流淌到榻榻米上。

戈基终于向这边转过头来，脸上显得有些泄气，浮现着莫名其妙的苦笑。

"怎么都不能入港，杰克，快来帮帮忙！"

杰克咬着葡萄面包站起来。

此时，杰克发现这个浑身净是肉疙瘩的朋友，早已耗去了一半的体力。于是，他像个蹩脚的裁判，慢腾腾地从两人枕头旁边绕了过来。

"要干什么？"

"给我使劲地拉开她的腿，那样也许会好些。"

杰克像拾掇被车子轧死的尸体一样，抓住女人的一只足踝举了起来。从这只细白而滑腻的脚底板上，杰克仿佛一眼瞥见了远方小屋的灯光。那只脚虽然没有出汗，但还是很滑手，只得换成右手举着。杰克原地站立，背对着二人，眼睛看着只挂有一幅啤酒公司年历的墙壁。

他左手拿着葡萄面包，边吃边读着墙上的年历。

八月

五日　星期日

六日　星期一

七日　星期二　暑伏五日

八日　星期三　立秋

九日　　星期四

十日　　星期五

十一日　星期六

十二日　星期日

十三日　星期一

十四日　星期二

十五日　星期三　停战纪念日

十六日　星期四

十七日　星期五

十八日　星期六

十九日　星期日

戈基和女人十分得趣，急促的喘息相互应和。杰克右手拎着的一只脚微细地抖动着，逐渐增添了重量，但决然感觉不出想挣脱杰克手心的意图。他的葡萄面包依然又苦又酸，吃起来粘嘴。其间，杰克不敢相信自己右手拎着的是一只女人的脚，他再次就着台灯的远光仔细瞧了瞧。脚趾上红色的指甲油有些剥落了，尤其是小脚趾，有一半缩进肉里，显然未能加以仔细的修剪，高跟鞋磨出的腘子抵在杰克的中指上。

不一会儿，戈基似乎已经站起身子，他拍拍杰克的肩膀说：

"好了。"

杰克放下那只脚。

戈基立即穿上裤子，一只手拎着夏威夷衬衫向门口走去。

"再见，谢谢，我回去了，回头请收拾一下吧。"

238

杰克听到关门的声音。他瞅瞅地上的女子，随即把最后一节葡萄面包送到嘴里，继续那没完没了的干燥无味的咀嚼。他用脚尖悄悄触动了一下女人大腿的内侧，女人只顾装死，一动也不动。杰克盘腿打坐在女人张开的两腿之间。一种毫无意味的东西声势浩大地随处席卷而至，就像是迸裂的自来水管道。戈基托他收拾一下，那家伙经常妄自尊大地托他办这办那，显得很滑稽……他贴近脸去，煞有介事地对她行礼。女子尽管装死，但腹部依然激剧地起伏，他的闹钟走着，发出可怕的野卑的响声。

"腕子和鱼鳍恋恋不舍地缠绕在一起，组合于爱的肉块的周围。一方面，他们的喉咙和胸脯，骤然间彻底变成一团青绿色，发散着海藻的腥气……"

（原文中节选的《马尔多罗之歌》系栗田勇先生的译文）

昭和三十八年一月《世界》

雨中的喷水

少年像拖着沉重的沙袋一样，拉着一位哭哭啼啼的少女，在雨中艰难地走着。

他在丸大厦刚刚说完两人分手的事。

人生最初的诀别！

他很早就一直梦想着这件事，这回终于变成了现实。

为了这一刻，少年很爱少女，或者装着爱她；为了这一刻，他拼命追求她；为了这一刻，他紧紧抓住一起上床的机会；为了这一刻，两人睡到一起……如今，万事俱备，他早就巴望这一天了。无论如何都要以充分的资格，像国王发布命令一般，亲自开口表白自己的态度。

"分手吧。"

他终于说出了这句话。

只有这么一句，凭着自己的力量，这句话可以划破蓝天。这句话虽然使他怀疑过能否成为现实，但却连着"有朝一日"这个热烈的梦想。宛如离弦的箭矢，径直瞄准天空飞翔。这是世界上最英勇、最光辉的语言。这句话只有一个真正的人，一个真正的男人才允许说出口，那就是：

"分手吧！"

尽管如此，明男却像个患气喘的病人，觉得这句话好似一口痰堵住喉咙（事前用吸管吸了汽水润过嗓子，还是不行），呼噜呼噜说不清楚，他一直感到很是遗憾。

这时，明男最害怕的是对方没有听懂他的意思。要是对方问起来，自己不得不再重复一遍，那还不如死了好。一只长年梦想着生下金蛋的鹅，终于生下了金蛋，可这金蛋还没让对方瞧上一眼就碎了，这时再叫那只鹅马上生一个，这能行吗？

然而，所幸对方听明白了，她听得很清楚，没有再问什么，这真是天大的幸事。明男终于亲自踏过了长久远望着的山顶上的那道关口。

他是一刹那得到对方听懂了的确证的。就像自动贩卖机蹦出一枚口香糖来。

挡雨窗关得严严实实，周围客人的谈话、杯盘的碰撞声以及现金出纳机的铃声等，搅混在一起，互相反弹，互相纠合，同凝结在窗户上灼热的水滴发生微妙的反响，于头脑中形成一团模糊的噪音。明男不太明确的话语，一旦通过这噪音传到雅子的耳朵里，她就立即睁大那双本来就很硕大的眼睛，从她那清瘦的、不太起眼的脸蛋儿上散射着光芒，仿佛要将一切都推倒、打破。与其说是眼睛，不如说是破洞，两个很难修补的破洞，从那里不住涌流出眼泪来。

雅子既不表现出抽抽噎噎的征兆，也不发出啜泣的声音。她就像一股强大的水压，毫无表情地将泪水喷洒出来。

明男心里明明知道，这样的水压，这样的水量，马上就会停止。

他只是静观一切，心里好似薄荷一般清凉。这正是经他设计、制造而带向现实的东西，虽说略嫌机械，可这是一项了不起的成果。

正是为了看看此刻的情景才抱住了雅子，少年重新对自己说，我的自由总是脱离欲望的⋯⋯

眼下，这位不住啼哭的女子就是现实！她正是地地道道的被明男"抛弃的女子"。

——尽管如此，雅子的眼泪依然不断流淌，丝毫没有衰竭，少年留意着周围。

雅子身穿白色雨衣，端正地坐在椅子上，从领口可以窥见里面带有鲜红条纹的衬衣。她两手用力扶住桌子边缘，那副姿势显得十分僵硬。

她凝视着正面，任眼泪汩汩流淌，也不肯掏出手帕揩拭一下。她的纤细的喉咙管呼吸急促，发出新鞋子走路般的极有规则的响声。她那坚持自己是学生而不涂口红的嘴唇，愤愤不平地向上撅起，不住地打颤。

一位成年客人好奇地盯着他们这边。明男在心里认为自己终于跨入成年人的行列了，可是扰乱他这副心境的竟是这样的目光。

雅子丰盈的泪水令人实在惊讶。任何一个瞬间，都无法将这同一水压和同一水量分割开来。明男疲倦了，他低下眉头，瞧着靠在桌边的自己的雨伞尖儿。古风的花砖地板上，从伞尖儿流下的灰暗的雨水，聚成了小小的水洼，在明男看来，那仿佛也是雅子的一汪眼泪。

他突然抓住账单，站起身来。

六月的雨淅淅沥沥，接连下了三天。出了丸大厦，撑开伞，少女默默跟在后头。雅子没有带伞，明男只得让她钻进自己的伞下来。他想到了大人们用冰冷的心肠应付世俗的习惯，感到自己如今也学会了。已经狠心说出了诀别的话，两人依然共撑一把伞，只是顾及一般人情罢了。决心分手……不管采取何种隐蔽的形式，一刀两断，这合乎明男的性格。

两人沿着广阔的道路走向宫城方向，少年一心忖度着，想找个地方将这个"眼泪包"甩掉。

"下雨天喷水池也会继续喷水吧？"

他无端地琢磨着，自己为何会想起喷水池来呢？又走了两三步，他觉得自己的想法是个物理性的玩笑。

狭小的伞下，触摸着少女冰硬潮湿的雨衣，那种感觉简直像爬虫一般，明男一边坚忍，一边强打精神，故作快活地朝着一个玩笑的方向奔去。

"对啦，就拿这个雨中的喷水和雅子的眼泪对抗吧。不管雅子有多大本领，都会输给喷水的。第一，喷水是回流式的，即便雅子把所有眼泪一下子全都倒出来，又怎能敌得过呢？她根本不是回流式喷水的对手。到时候，这妮子肯定会泄气而止住哭泣的。这个包袱也就容易脱手啦。问题是，雨中的喷水池还在继续喷水吗？"

明男默默地走着，雅子哭哭啼啼，走在同一把伞下边，执拗地跟在身旁。因此，他要甩掉雅子是困难的，但是将她引向要去的地方倒很简单。

明男感到浑身都被雨水和泪水打湿了。雅子穿着白色的雨靴还算好，明男穿的是懒汉鞋，袜子全湿透了，像裹着一团裙带菜。

离下班还有一段时间，人行道上很是闲散。他俩穿过斑马线，向和田仓桥那里走去。那座桥有着古老风格的木栏杆和葱头花珠，站在桥畔，看到左面是雨中的壕沟，水面上浮着白天鹅；右面隔着壕沟，透过蒙蒙雨雾中的玻璃窗，可以窥见P饭店餐厅雪白的桌布和一排排红色的椅子。他们过了桥。穿过高高的石墙，向左一拐，就到了喷水公园。

雅子仍然一言不发，一个劲儿哭着。

靠近公园入口，是一座西洋式样的大水榭，芦苇茸茸的房顶，下面摆着长凳。明男手中撑着伞坐下，雅子哭着，斜斜地坐在他对面，只在明男的鼻尖儿底下，显露出白色雨衣的肩膀和濡湿的头发。经发油弹起的雨滴，在头发上布满了微细的白色水珠。哭哭啼啼的雅子，睁大眼睛，似乎陷入人事不省之中。明男蓦地拽了一下她的头发，想使她清醒过来。

雅子一直默默啼哭。明男心里十分明白，她在等他搭腔呢，这是她故意耍心眼儿，所以什么话也不说。想想自从刚才说出那句话之后，他就未再开口。

那边的喷水吹起高高的水花，雅子看都不看一眼。

从这里望过去，纵向排列着大小三座喷水池，水声被雨水盖住了，遥远而又低微。可是，向四面八方飞溅的水线，虽然从远处看不清那扬起的飞沫，但却像一根根弯弯的玻璃管曲线，清晰可睹。

放眼望去，看不到人影。喷水池前的绿色草坪，满天星的花墙沐着雨水，鲜丽夺目。

公园对面，不停闪过卡车的布篷和公共汽车红、白、黄的顶篷。交叉路口的红色信号灯鲜明耀眼，可是下一刻变成绿色时，正巧和喷水的烟雾相重合，看不见了。

少年坐着，一言不发，心中窝着一股无名之火。刚才的愉快的玩笑也消失了。

究竟是冲着谁生气，他自己也不太清楚。他回味着刚才那个天马行空的主意，而今却为一种莫名其妙的不如意而悲叹。哭个不停的雅子使他不知如何是好，但这也不是他不如意的全部因由。

"她这号人呀，我真的想把她推到喷水池里，转身就逃，这样更干脆。"

少年依然愤愤地想着，只是这包裹他的雨，还有她的眼泪，以及墙壁一般阴沉的天空，使他感到一种绝对的不如意。这些都重重叠叠推压着他，将他的自由变成一块湿漉漉的抹布。

愤怒的少年打起了坏主意。他要叫雅子淋个透湿，要用喷泉的景观充填雅子的眼睛，不这样他就不会罢休。

他霍然站起来，头也不回地跑了出去，蹭蹭蹭顺着外围的石子路跑着，这里比起喷水周围的小路要高出好几个台阶。他跑到喷水的正面站住了，这里可以同时看到三股喷水。

少女也冒雨跑来，她紧挨着少年的身子站住了，死死握住他一直撑着的伞柄。她的脸被眼泪和雨水濡湿了，看起来煞白。她气喘吁吁地问道：

"你要去哪儿？"

明男本来不打算理睬她，可是又仿佛急等着从少女嘴里听到这句话似的，毫不犹豫地回答道：

"来看喷水呀。看，不管你怎么哭，都比不过这玩意儿。"

于是，他俩斜撑着雨伞，安下心来，终于可以互相避开直视的目光了。他们眺望着三股喷水，中央的一股特别高大，左右两股略小一些，起着陪衬的作用。

喷水和池子总是一片喧嚣，几乎分不清哪是落入水中的雨脚。站在这里，不时传入耳里的声音，只有远方不规则的汽车喇叭声。这里的水声由于细密地融入了空气，除却侧耳倾听之外，仿佛完全封闭于一派沉寂之中了。

水首先落在一块巨大的黑色花岗岩石盘上，然后点点滴滴弹起小小的水珠儿，沿着黑色的边缘，化作白色的水花，继续飘落下来。

石盘的中央耸立着高大的喷水柱，由六根水柱守卫着。这六根水柱描画出曲线向远方放射开去。

仔细一瞧，喷水柱并非达到一定高度就收住了。几乎没有风，水也不紊乱，垂直地飒飒飞向阴雨的天空，每次水所达到的顶点都不在一个高度，有时高得出奇，细碎的水花飞扬而起，最后在最高点上散成水珠儿，随之飘落下来。

接近顶点部分的水，透过雨空，含着阴影，呈现着胡粉①般的灰白，与其说是水，看样子像粉末，周围烟雾萦绕。喷水柱的四围，跃动着鹅毛大雪般的飞沫，看上去又像带雨的雪霰。

较之三根大喷柱，明男对于周围那些描画着曲线、呈现放射状的水的影像更感兴趣。

尤其是中央那根大喷水，如野马一般向四面八方散射着白色的鬃毛，高高越过黑色花岗岩边缘，纵身向池水中央跳跃。他看到水一个劲儿向四方迅速流动，心就被吸引到那儿去了。如今，他的一颗心无

———
① 日本独特的绘画用白色颜料，用濑户内海产密鳞牡蛎壳研碎精制而成。

意之中被水迷住了，甚至会乘着水流飞动之势，被抛向远方。

观看喷水柱时也是同样的感觉。

乍看起来，大喷水柱犹如水做的雕塑，姿态端庄，仿佛是静止的。然而定睛一看，发现柱子内里自下而上攀升着一种透明的运动的精灵，在这棒状的空间，以惊人的速度自下而上顺次充填进去，一瞬之间有缺即补，不断保持着同一种充实。虽然明明知道终将受到挫折，但还是持续支撑这种不间断的挫折，这力量真是了不起，他想。

他让少女来看的就是这喷水，少年自己也看得入了迷，他以为实在太棒了。他的两眼抬得更高了，转向了大雨潇潇而降的天空。

雨水挂在他的睫毛上。

阴云密布的天空离头顶很近，大雨无间断地沛然而降，无边无际，到处都在落雨。淋在他脸上的雨，和淋在远方红砖楼房和饭店屋顶的雨，是完全一样的。他那刚刚生出稀疏胡须的光亮的面孔，还有每座大楼顶上像倒刺一般的水泥地面，都不过是被雨水淋湿的无抵抗的表面罢了。只要关在雨中，他的脸颊和脏污的水泥地面完全相同。

明男从头脑里立即抹消了眼前喷水的景象。他只是想着，雨中的喷水只能徒劳无益地重复着无用的事情。

想着想着，刚才的玩笑，还有其后的恼怒，都消失了。少年感到，自己的一颗心迅速变得空虚了。

只有雨点打在他的空虚的心上。

少年迷迷糊糊向前走去。

"你要到哪儿？"

少女问道。这回，她抓住伞柄，穿着白色雨靴的脚向前迈动着。

"到哪儿？那是我的自由，刚才不是说了吗？"

"说什么了？"

少女又问。少年厌恶地瞧着她的脸，这张湿漉漉的面孔，雨水冲掉了泪水，红润润的眼睛里虽然还残留着泪珠，但声音不再打颤了。

"说什么？刚才不是说了吗？分手。"

不停在雨中晃动的少女侧影后面的草坪上，随处都是自由自在盛开着的洋红杜鹃花，少年瞧着这些花儿。

"哦，你真的这么说了？我怎么没听见？"

少女用一般的声音问。

少男受到震动，险些摔倒在地，他勉强跨了两三步，好容易找到了反诘的理由。他结结巴巴地说道：

"那么……我问你，你为什么哭？这不是很滑稽吗？"

少女没有立即回答，她濡湿的小手依然死死抓住伞柄不放。

"不知不觉眼泪就出来了，没什么理由。"

少年发怒了，他本想大声喊叫，却立即变成了个大喷嚏。他想，这样下去会感冒的。

昭和三十八年八月《新潮》

图书在版编目（CIP）数据

仲夏之死／（日）三岛由纪夫著；陈德文译.
—上海：上海译文出版社，2012.2（2024.4 重印）
（三岛由纪夫作品系列）
ISBN 978-7-5327-5543-1

Ⅰ．仲…　Ⅱ．①三…　②陈…
Ⅲ．短篇小说-小说集-日本-现代　Ⅳ．I313.45

中国版本图书馆CIP数据核字（2011）第135281号

MANATSU NO SI by MISHIMA Yukio
Copyright © 1963 by HIRAOKA Iichiro
All rights reserved.
Originally published in Japan.
Chinese (in simpliⒸed character only) translation rights arranged
through THE SAKAI AGENCY.

图字：09-2008-490号

仲夏之死　　　　[日]三岛由纪夫　著　　　　出版统筹　赵武平
　　　　　　　　　　　　　　　　　　　　　　责任编辑　于　婧
真夏の死　　　　陈德文　译　　　　　　　　　装帧设计　柴昊洲

上海译文出版社有限公司出版、发行
网址：www. yiwen. com. cn
201101　上海市闵行区号景路 159 弄 B 座
上海市崇明县裕安印刷厂印刷

开本890×1240　1/32　印张8　插页2　字数116,000
2012年2月第1版　2024年4月第4次印刷

ISBN 978-7-5327-5543-1/I · 3249
定价：33.00元